白娘子传说

【中国民俗文化丛书】

刘魁立 张旭 主编

孙琦 陈勤建 著

中国社会出版社

中国民俗文化丛书编委会

序

中国民俗学会理事长　刘魁立

人生活于文化之中，正像人离不开空气一样。《周易》说："观乎天文，以察时变；观乎人文，以化成天下。"无论汉语"文化"一词是否由此而来，这段话至少说明，我们的祖先向来对文化的重要性有十分清楚和极其深刻的理解。文化确乎是人之所以成为人、人类之所以成为人类的根本标志。人创造了文化，文化也创造了人，从这个意义上也可以说，人是文化的动物。

从文化本身来说，相当长一段历史时期的传统文化可以粗略地、也是相对地划分为两大分流，即所谓上层文化（或称高层文化、雅文化、精致文化……）和下层文化（或称基层文化、底层文化、低层文化、民间文化）。

民间文化是人民群众创造的最古老的文化，因为它的根源可以追溯到人类发展的初始阶段；民间文化同时也是最年轻的文化，因为它仍然活生生地存在于人民的日常生活和口碑之中。民间文化还是整个社会文化的基础，并且具有极强的生命力。上层文化往往是对民间文化选择、改造和精致化的结果。

民间文学、民间艺术是民间文化中最富色彩的一个组成部分。它在人类创造的一切艺术中，生命最活跃，涉及最广泛。它以古朴纯真的艺术手段，反映着人民群众的现实生活、理想和追求。它的无数珍品，是当之无愧的美的典范。没有了它，人类将失去多少童真的回忆；没有了它，人类的爱祖国、爱家乡将会缺少多少实际可感的具体内容；没有了它，人类的欢乐、悲伤也将变得干枯而平淡；没有了它，人类将会失掉多少生活的甘美和幽默……

万家社区图书室援建和万家社区读书活动，是建设社会主义文化和建设社会主义新农村的一项战略举措。我们，作为受到农民兄弟哺育和培养的知识界、文化界，有义务用学来的知识回报衣我食我的父老乡亲，这不仅是我们的社会责任，也是我们的荣耀。

中国民俗学会在这项重要活动中，承担有关中国民间传统文化的约50种图书的撰写工作，我们组织了学养很高的，包括大批教授、研究员在内的专家队伍，来完成此项写作任务。他们在相关领域里，学有所长，业有专攻，所有作者都以光荣志愿者的精神，以科学严谨的态度，用生动活泼的文字，把相关的准确而丰富的知识，呈献给农民兄弟和城镇社区的读者。完成这项具有重要意义的写作编书任务，是我们人生当中一件值得骄傲、值得自豪的事情。

中国民间文化是世世代代锤炼和传承的传统文化，其中凝聚着民族的性格、民族的精神、民族的真善美，是中华民族彼此认同的标志，是祖国同胞沟通情感的纽带。历史悠久、内涵丰富的传统文化也是我们中华民族对人类文化多样性发展的巨大贡献。急剧变化的时代在淘洗着传统的民间文化。在当今时代，我们尤其有必要对我们丰富淳厚、历史悠远的民俗传统立此存照，将其中的优秀部分及其真谛展示给广大民众，使他们对中华大地、对祖国同胞、对优秀的文化传统和淳厚的民俗民风怀有更深刻的眷恋、热爱和崇敬。继承和发扬中华民族创造的非常丰富而优秀的非物质文化遗产和民族精神，是我们的幸事，也是我们的历史责任。

我希望在大家的共同努力下，民间文化之花越开越鲜艳，为我们祖国、为我们中华民族赢得一个永恒的春天。

目录

引　言

《白蛇传》是一部家喻户晓的富有神话色彩的传说。它起源古远、流传广泛、内蕴丰富、表现形式多彩多姿，是为广大人民群众所喜闻乐见的中国古代四大民间传说之一。

《白蛇传》与中国传统的文学、戏曲、民俗、宗教、历史等文化样式都有着密切的关联，其古老的起源、多线式的流传演进、丰富多彩的表现形式、深厚的文化内涵，使其历久弥新，可以说是民间文学一处永不枯竭的宝藏。

现在我们就要来挖掘这个属于中华传统文学宝库的优美曲折、感人至深的民间口头创作，本书在对大量《白蛇传》传说研究资料的搜集整理基础上，采用更多鲜活的民间因素，向大家展示一个更加立体、形象、完整的《白蛇传》。

第一章

白蛇传说梗概

《白蛇传》的传说各地民间都流传着不同的版本，大概是由于其本身的口头流传形式所致；但其中的传说内容经过长久以来民间的筛选、文人的改编创作，形成了一些固定的情节梗概。这里所编写的《白蛇传》传说梗概，其素材来源大多是民间实地考察所记录下来的片段，经编者重新整理，尽量保持了民间传说的原汁原味。

前世恩仇

传说，四川峨眉山是座仙山，整年整月云雾腾腾。白天，山上开满了奇花异草；晚上，各种珍禽异兽都对着日月星辰修炼。

在山的西坡上，有一只脚盆大小的蛤蟆，缩着肥胖胖的脑袋，仰着脸，咧开一张血盆大口，对着天上时隐时现的星辰，吐丹修炼。它已经修炼了五百年，只要一口吞下仙丹，就可以变成人，化为神仙。他一边吐纳自己的宝丹，一边却在斜眼望着左右。原来在离它不远的地方，半空中飞腾着一只银光闪闪

五毒蟾

的白球，熠熠（yì，音义，形容闪光发亮）发光。它盘算着：要是我把这颗宝丹偷吃了，我的根基不就更深了吗？蛤蟆越想越喜，把四条爪子一缩，然后颤悠悠地向着东边跳去，一边跳，一边忍不住“呱！呱！呱”直叫。

在东边山坳里，正在炼丹的是条白蛇，它倒是正正派派，一心一意地在炼丹呢！忽然听到几声蛤蟆叫，觉得十分蹊跷，便也留心着向四周张望。

蛤蟆看自己离白蛇不远了，猛然把嘴里含着的宝丹朝白蛇吐去，它想凭自己的宝丹把白蛇的宝丹一同吸下肚。白蛇一看，我的宝丹要被你抢了去，我的命就没了，便有了戒备，嘴一张，就吸下了自己的宝丹。因为它根基大，连同蛤蟆的宝丹也一起全吸下了肚。

蛤蟆一看自己偷鸡不着蚀把米。只好哑巴吃黄连，有苦说不出，急得呱呱直叫，死死望了白蛇一眼，心里记下了大仇，

白蛇传

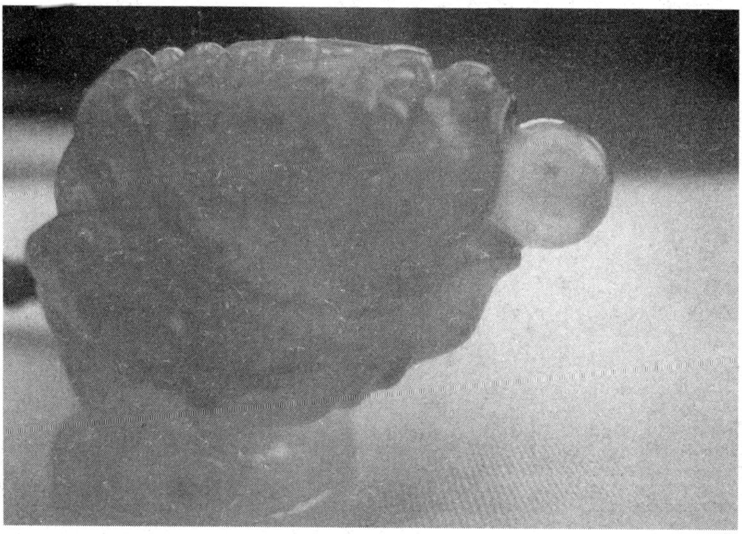

法海吞珠

连蹦带跳地滚下山去……

从此白蛇与蛤蟆结下了深仇。

一次白蛇在修炼中被一群恶童追赶，无法脱身。一个小童救了它，并用草药给它疗伤，还偷偷带回家中，天天喂它。他还带它到学堂，结果白蛇盘了整整一抽屉，瞒不住了。老师责怪他："叫你读书，你怎么把这个养在这里？"没办法，他只好把白蛇放进深山，这白蛇有点通人性，朝那小童点点头，就一下子游走了。

白素贞

白蛇在山中修炼了五百年，再加上蛤蟆丹丸有五百年的功力，一共是一千年，于是道行一下子增了大半，地上冒起一阵青烟，白蛇转眼变成一位年轻美貌的女子，这就是白娘子。她为自己取名叫白素贞。

白娘子想要报答当年那个小童的救命之恩，她从仙界神灵那儿打听到那小童已经长大成人，名叫许仙，如今在钱塘县。她腾云驾雾，悄悄地飘落到钱塘江畔的一处森林里；又碰到一条修炼功果稍差的青蛇，两人一番打斗，青蛇不敌白娘子，甘拜下风，遂也幻化为一位妙龄少女，取名小青，认白娘子为姐姐。于是主仆双双，来到“自古繁华”、“参差十万人家”的古杭城。

大慈大悲观世音菩萨

游湖借伞

话说白娘子要寻的那恩公姓许名仙，这日正准备了纸马蜡烛、经幡、钱垛等要去先父坟上踏青扫墓。一路车马行行，暖风依依，真是西湖美景，仙人古迹。西湖苏白两堤，莺飞草长，桃柳夹岸。两边是水波潋滟（liàn yàn，音恋燕，形容水波流动），片舟点点，远处是山色空濛，青黛含翠。此时，正是清明时节，少不得天公应时，催花雨下，那阵雨下得绵绵不绝。许仙正行到西湖断桥上，便来到岸堤边寻船，叫船老大划到涌金门去。小船刚刚荡开，只听岸上有人叫道：“船公公，给我们搭个便船吧！”

青蛇

游湖借伞

许仙从船舱里探出头，只见两个如花似玉年轻的女子，正站在岸边招手：那小姐身着白绢衫，端庄温雅；边上的那个丫鬟穿着青衣服，俏皮伶俐。原来这主仆二人正是化身人形的白蛇与青蛇。许仙赶忙让船家靠岸，载她们上船。

她俩一落船，就向许仙道谢，许仙慌忙起身答礼。那娘子和丫鬟舱中坐定了，只见那娘子眉目之间秋波浮动，瞧着许仙。那丫鬟小青见状便问公子姓名，家住何方。他答道："我姓许名仙，自从家父亡故后，单身一人，寄住在姐姐家里。"

取伞

小青听了，笑道："这可巧了，我姐姐和你一样，也是无依无靠，到处飘零的人。这么说来，你们两人倒是天生的一对啊！"

一番话，把许仙羞红了脸，白娘子也低下了头。几个人谈谈笑笑，渐渐熟悉起来。正在兴头上，忽然听到船家唱起曲子来：

月老祠堂在眼前，
千里姻缘一线牵。
风雨湖上同舟渡，
天涯寻来共枕眠。

船到涌金门登岸后，许仙打伞为白娘子与小青遮雨，自己却任由雨淋着。淡烟疏雨中，临别前许仙更觉恋恋不舍，怜香惜玉之情使他慷慨地说："请把伞拿去，不要让寒雨淋湿了春衫。"白娘子默道谢意，小青见机便邀请许仙明日屈驾寒门，以酬谢还伞，许仙腼腆答允。

这正是"西湖初遇春风好，西湖再遇春风老。安得此情同春风，明春还来绿芳草"。

结亲盗银

"雨伞是媒红"，话说那天白娘子与许仙在西湖偶遇，不曾想却牵扯出一段绝世姻缘来。两人渐渐互生情愫，经小青的牵线，两人欲结为夫妇。可是许仙家境贫寒，父母双亡，只有一个姐姐，没有钱下聘。于是由小青施展法术，盗得钱塘县的官库银两赠与许仙。此时恰逢县衙库银被盗，一查，发现所失库银正是白娘子赠与许仙的银子，于是许仙被判入牢服役，发配苏州。

白娘子得知许仙因自己入狱，连忙赶到苏州。这时，颠沛

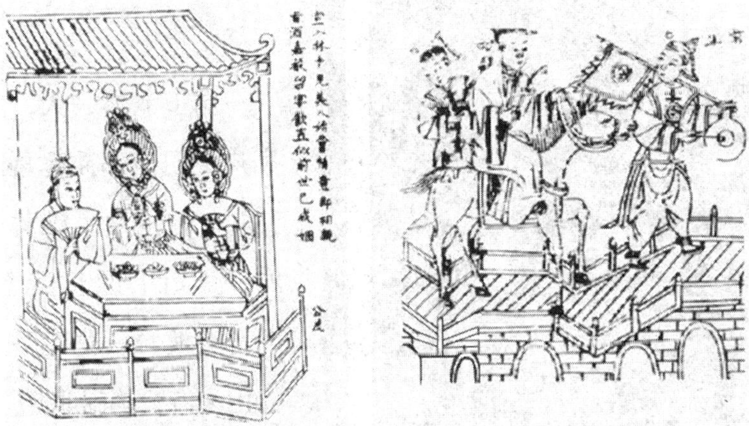

白蛇传

流离的许仙，正饱受劳役之苦。白娘子千辛万苦终于找到了许仙，两人历经此番劫难，尽释前嫌，于是结为夫妻。

许仙在苏州有一个亲戚，经营药店，许仙便在他店中帮忙打点生意，这样的生活非常拮据。一天，白娘子私下让小青取来银子递给许仙，让他张罗自己开一家店。药店生意兴隆了，于是有人见人发财眼红，就到县衙告发许仙的钱来路不正。结果一查，这钱果然是从银库偷来的。许仙被捕，又被发配镇江。

还是白娘子本领大，她设法救出了许仙，于是两人决定在镇江安定下来。白娘子与许仙在镇江开了一家“保和堂”的药店。因为白蛇在峨眉山修炼期间，尝遍百草，对医道十分精通，所以药店开张不久，便声名鹊起。再加上白娘子心地善良，卖药时，穷人钱少就少付，无钱就奉送，所以深得人心，日渐兴隆。

保和堂

端阳惊变

端午节那一天，家家户户门前都插起菖蒲艾叶，地上洒了雄黄药酒；金山下的长江上，龙舟竞渡。一时间路上人山人海，热闹非凡。

许仙兴致勃勃去买应景物品，小青却在房中渐渐感到头晕，便忧虑地对白娘子说：“午时一到，恐难免现出原形。”白娘子道：“你道行尚浅，快到山上去避避吧！”小青想想，摇头说：“我看还是一道去稳当些，况且姐姐你有孕在身，法力不比从前。”白娘子愣了一下，说：“我们如果都走了，官人要疑心的呀！”

于是，小青道了声“姐姐小心在意”，便化缕青烟隐遁到深山中去了。

小青刚走，许仙就匆匆回来了。夫妇两人围着一桌酒菜相对而坐，斟上美酒共庆佳节。白娘子闻到雄黄酒味，一阵恶心，连忙运功镇定，才算稳住没吐。许仙再三请求白娘子共

保和堂

端阳惊变

饮，白娘子虽然有些担心，体力也渐渐不支，但量自己千年修行在身，喝上一小杯无妨，就硬着头皮喝了，谁想几口下肚，顿觉天旋地转。

许仙很懊悔逼迫她喝酒，随即扶她进房。突然想起浓茶可以解酒，他便到厅中沏了一杯，小心谨慎端到卧房去，推开房门，一股腥气冲鼻。当他拉开帐子，只见床里盘着一条碗口粗、几丈长的大白蛇，“啪哒”一声，茶杯落地，昏死过去。那正是白娘子现了原形。

许仙晕厥而死

飞盗仙草

小青躲在深山里，心里总惦念着白娘子，看看午时三刻过去了，便回了家。她走上楼一看，哎呀！许仙直挺挺地躺在地板上，已经没有了知觉。白娘子还在床上没醒过来。

小青急忙推醒白娘子，白娘子醒过来见相公吓死在床边，她又难过又后悔，抱住许仙痛哭。她知道喝了雄黄酒会显出原形，本来想暂时出门避难的，只是门口挂着菖蒲剑出不去。小

惊变

青劝慰道："姐姐如今哭也没用，如今只有仙草才能为许仙还魂，只是不容易盗取，因这仙草远在南极仙翁的花园，那儿山远水横，雾锁雪拥云深，盗取者十去九亡。"白娘子毫不迟疑立刻整装出发，要小青照应许仙，"不要让外人知晓，不要让鸡飞猫跳，让他静静安睡！留住一线生机，且待那稀世奇珍的救命仙草。"

说完，白娘子飞身飘出窗外，向昆仑山飞去了。

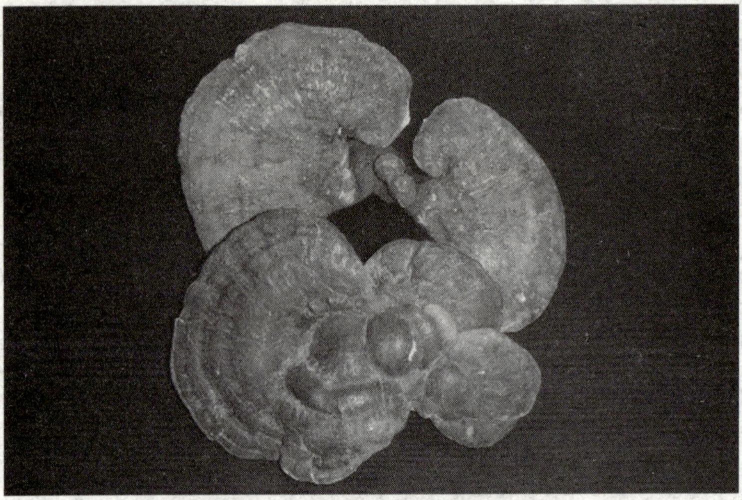

传说中白娘子所盗的仙草

昆仑山是座仙山，满山都是奇花异草。山顶上，有几棵紫郁郁的小草，就是能起死回生的灵芝仙草。白娘子弯下腰，悄悄地采了一株仙草衔在嘴里，正想驾云飞走，那只看守灵芝仙草的白鹤从天边飞了下来。它见白娘子盗了仙草哪里肯放过，便展开双翅，伸出长喙（huì，音会，鸟兽的嘴），朝白娘子扑来。就在白鹤的长喙要啄到白娘子的时候，忽然从后面伸来一根弯头拐杖，把白

鹤童的原形——中国传统吉祥动物仙鹤

鹤的长颈项钩住了。只见，眼前站着一个胡须白花花的老人，原来是南极仙翁。

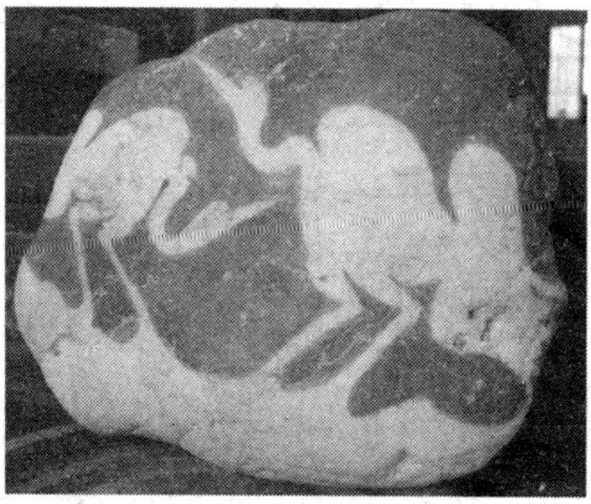

神奇的石中仙鹤

白娘了向南极仙翁央求道："老仙翁，给我一株灵芝草，好让我救救我家官人！"

南极仙翁看白娘子救夫心切，

盗仙草

便答应了。白娘子谢过南极仙翁，急忙飞身回家来。她拿出仙草要小青煎好，然后两人合力把许仙的牙齿撬开，灌进药汁。一盏茶的工夫，许仙肚子中一阵响动，便见眉目生动起来。这一分喜悦激动让白娘子满眼热泪。许仙悠悠醒转，一见白娘子却又昏厥过去。

白娘子用眼神暗示小青到后院，用白绫变一条白蛇，斩成七截。然后搂起许仙温婉地说："让官人受惊了，但官人千万不要再疑心，那白蛇已被我斩死，请到后院看分明。"许仙畏缩地跟白娘子到后院一看，果见一条死蛇，才放下疑心连忙拱手作揖向娘子道歉。小青在一旁愤慨地说："岂止是错怪，简直没良心，你的灵魂生命还是姐姐从阴曹地府追回的，还不快感谢救命恩人!"许仙与白娘子遂恩爱如初。

这正是"恩爱永久，长相厮守，生死与共，人同仙寿"。

水漫金山

那年在峨眉山与白蛇一同修炼的蛤蟆因为丢了宝丹，不能再修炼了，就逃到了西天，一头钻进了如来宝座后面的一条阴沟里，成了个癞蛤蟆。如来佛讲经说古，它就躲在阴沟里偷听，转眼过了若干年，癞蛤蟆也修炼了不少根基了。

如来佛早知道蛤蟆在阴沟里偷听，他只是看这蛤蟆也算安分守己，就未加理睬，竟然被它假装正经的样子给蒙住了。于是，如来佛给了癞蛤蟆一个机缘，把它变成了一个癞和尚，赐号"法海"。如来佛又给它三样宝贝：青龙禅杖、风火袈裟、紫金钵。正巧镇江金山寺正缺个当家和尚，那里一代出一个活佛，于是便让法海去做了金山寺的住持。

随着信医的人增多，信佛的人逐渐减少，使得原来香火旺盛的金山寺，慢慢地变得冷清起来。法海便在镇江城内散布瘟疫，想叫人到寺里来许愿。白娘子见瘟疫一起，就知道是从峨眉山带来的这种病，如果自己去治病就完全有可能暴露自己。但一想到受难的黎民百姓，她还是把药配了出来。“保和堂”的“避瘟丹”、“驱疫散”果然很灵验，人们一吃，就药到病除，瘟疫很快就被赶出了城。

法海见香客来了几天又忽然减少，心里有些奇怪，便下山去化缘打探消息。他走三步，敲一敲，一摇一摆地寻到了保和堂药店来。法海往里面一看，那柜台里正在配药的穿着白色轻纱衣的白娘子正是当年吞下自己丹药的白蛇所变啊！

法海趁白娘子上楼去的当儿，进了药店，朝许仙合掌，说：“施主，你店里生意好兴隆呀，给我化上个缘吧。”

金山寻亲

许仙问他化什么缘。法海说：“七月十五金山寺要做盂兰会，请你结个善缘，到时候来烧炷香，求菩萨保佑你。”

转眼间七月十五到了，这一天，许仙起个早，独个儿来到金山寺，他一进山门，便被和尚拉到禅房。法海对许仙说："施主呀，你来得正好，今天我如实告诉你，你被妖女缠身，你的娘子是妖精。"许仙一听生气道："我的娘子是个好端端的人，怎么会是妖精！"

法海笑笑说："这个也难怪施主，那蛇妖道行高深，你已经为她迷失了心智，只有老僧能看出她是白蛇变化的。"

法海落荒而逃

这一说，许仙倒想起端午节发生的事来了，心里不觉一沉。法海见他心动神摇，又说："你不如拜我为师，如入佛门，自然有佛法保护，蛇妖也害不到你。"

许仙想：娘子对我的情义比海还深，她若要害我，为什么还要救我的命呢。更何况如今她有了我的骨肉，我怎么能丢下她出家做和尚呢。他怎么也不肯出家，法海就不管三七二十一，把许仙关了起来。

水漫金山

白娘子左等右等不见官人回来，便焦急起来，这日，白素贞与小青掐指一算，便知道是法海和尚搞的鬼，两人随即赶到金山寺。法海已当门而立，并告诫白娘子说："许仙已翻然觉醒，欲海回头，再不与妖魔共枕同衾（qīn，音亲），你居然闯上山门，活该你气数已尽！"于是三人便起神法击斗。法海抡起青龙禅杖，漫空只见火轮飞滚，犹如泰山压顶。白娘子与小青召唤水族仙、虾兵蟹将成群结队，齐向金山涌去。大水漫到金山寺门前，法海和尚着了慌，连忙脱下身上的袈裟，往寺门

许仙逃跑

外一挡，一道金光闪过，袈裟变成了长堤，把滔天大水拦在外面。

大水涨一尺，长堤就高一尺，大水淼淼，怒海滔天，水漫金山。白娘子眼看胜不了法海和尚，就只得和小青收了法，回到西湖去养伤修炼。

断 桥 相 会

许仙被关在金山寺里，死活也不肯剃度出家，关了半个多月，终于找到个机会逃了出来。许仙回到“保和堂”药店，看到人去楼空，早已不见白娘子和小青的踪影。只好收拾一点东西，仍旧回到杭州来。

断桥相会

许仙在西湖边失魂落魄地走着，不知不觉又来到了断桥边，看着西湖美景依旧，自己却形单影只，不禁眼泪扑簌簌地落了下来。

“相公，相公！”远处传来了熟悉的声音，许仙抬头一看，白娘子和小青正在断桥对岸，原来白娘子自恢复了元气以后，也一直在西湖边盼着等着许仙归来。夫妻俩又在断桥相会了，两人见面真是恍如隔世，欷歔不已，说着说着，不禁都流下眼泪来。

在一旁的小青却道：“莫管姐姐是仙是妖，她对你这片真情，你怎么能如此忘恩负义？难道姐姐和你一场夫妻的恩情还比不上那臭和尚法海吗？”说着就要拔剑相向。白娘子连忙劝住了小青：“好不容易见了面，况且官人不也从金山寺逃出来了吗？你就不要再怪他了。”小青虽仍愤愤不平，但见白娘子如此坚持，也只好作罢。

金钵收蛇

三人依旧寄住在许仙的姐姐家里，日子过得很快，转眼到了元宵节，白娘子生下一个儿子。一家人都喜欢得不得了。许仙说：“从此以后，我再也不信那妖僧的话了。纵然你真的是一条蛇，我也永不变心，与你终生相爱。”娃娃满月那一天，许仙家里要办满月酒，许仙姐姐和小青忙着里外张罗。白娘子清早起身，在内房梳妆打扮，许仙在一旁看着自己的妻子，见她红娇娇的脸，乌光光的头，比以前更好看了。他看着

白蛇传刺绣

看着，忽然想起：今天娘子要抱小儿出去跟长辈亲友们见面，讨个彩头，可惜她头上戴的首饰都丢在镇江没带来……这时，

忽听得大门外弄堂里有个货郎在叫喊：“卖金凤冠喽，卖金凤冠喽！”

许仙一听是卖金凤冠的，便三脚两步奔了出去，找到卖货郎。一看，这顶珠宝串成的金凤冠金光闪亮的，美丽极了！许仙越看越中意，便把它买下来，拿进房里，对白娘子说：

“娘子，我给你买来一顶金凤冠，你戴上去试试，看看合适不合适。”

白娘子看看那金光闪亮的金凤冠，心里很欢喜，就让许仙把它戴到自己刚梳好的头上去。不料这金凤冠一戴到头上，就脱不下来了。它越箍越紧，越箍越紧……白娘子一时只觉得头重脑疼，眼前金星乱冒，便一头倒在地上昏晕过去了。

这飞来大祸，许仙哪里想得到啊！他慌忙奔出门去，要找货郎算账。许仙奔到门口，货郎不在了，只见法海和尚横着青龙禅杖，挡在门外。原来那卖金凤冠的货郎就是法海和尚变的。自从许仙逃出了金山寺，法海便满世界地寻找他，今天打听到他给儿子办满月酒，就用金钵变顶金凤冠，自己化成货郎，上门来叫卖。

这时，法海和尚说：“施主，好言好语你不听，今天，我到你家里收妖来了！”说着，便大踏步闯进房里来，许仙要拦也拦不住。法海和尚朝白娘子头上吹口气，金凤冠就变成了金钵。金钵射出万道金光，把白娘子团团罩住。小青扑过去要跟法海和尚拼命，只听白娘子在金光里面喊：“小青快走，小青快走，你练好功夫了，日后再来替我报仇吧！”

小青自量也斗不过法海，就化一阵青烟从窗口遁走。

许仙死死抓住法海和尚不放，只听白娘子在金光里喊：“官人珍重，官人珍重！你要好好抚养孩子呀！”

白蛇传楠木窗花

许仙只是个凡夫俗子，他奈何法海不得，只好从床上抱起婴儿，给白娘子看上最后一眼。白娘子泪痕满面，她的身体在金光下面已渐渐缩小，渐渐缩小……最后，变成了一条白蛇，被法海和尚收进金钵里去了。

法海和尚收了白蛇，在南屏净慈寺前的雷峰顶上造了一座雷峰塔，砌进金钵，把白蛇镇压在塔下，自己便入净慈寺里住下来看守。

雷峰塔倒

却说时光荏苒，白娘子之子许仕林已长大成人。他聪敏过人，二十岁便考中了状元。经小青点拨，方知生母被压在塔下受苦。于是他借回乡之机，拜塔请母。他的孝行感动上天，便派虾兵蟹将协助小青。

许仙告知儿子真相

这时候，法海和尚还在看守着雷峰塔。小青寻到净慈寺，就跟他在南屏山下大战起来。他们打了三日三夜，小青越战越勇，法海和尚只累得“呼哧呼哧”直喘气。他们从净慈寺前打到雷峰塔下，小青挥起一剑，只听“轰隆隆”一声巨响，雷峰塔倒了，白娘子从塔里跳出来，和小青一道围打法海和尚。法海和尚本来就已支撑不住，如今再添了个白娘子，哪里还敌得过！只好且战且退想找个机会逃走。他慌忙地退到西湖边，没料想一脚踏了空，“扑通！”跌进西湖里去了。

白蛇传楠木窗花

白娘子见法海和尚掉在西湖里，便从头上拔下一支金钗，迎风一晃，变成一面小小的令旗。小青接过令旗，举到头顶摇了三摇，西湖里的水马上就干了。湖底朝了天，法海和尚东躲西藏，找不着一个稳当的地方。最后，他看见螃蟹的肚脐下有一丝缝隙，便一头钻了进去。螃蟹把肚脐一缩，法海和尚就被关在里面了。

法海和尚被关在螃蟹肚子里，从此再也出不来了。本来，螃蟹是直着走路的，自从肚子里钻进了那横行霸道的法海和尚，就再也直走不得，只好横着爬行了。直到今天，我们吃螃蟹的时候，揭开它的背壳，还能在里面找到这个躲着的秃头和尚哩。

第二章

《白蛇传》的起源

听完了凄婉美丽的白蛇传说，是否激起了你丰富的联想？在我们为白娘子哀叹的时候，在我们痛斥法海的时候，我们的情感如此相通。富有浪漫神话色彩的《白蛇传》，沉淀了我们民族心灵底层的思想与文化意蕴，反映了我们民族独特的思维方式与个性特征。白娘子端阳惊变、飞盗仙草、水漫金山等情节为一代又一代人所津津乐道，既神秘又浪漫，既美丽又哀伤，既曲折又奇幻，可以说它成就了我们心中的一个白蛇情结。

为什么白蛇要幻化成人？为什么法海要和白娘子作对？为什么白娘子被镇雷峰塔？雷峰塔倒了，白娘子还在吗？这一个又一个疑问使得白蛇传的故事越来越丰满，也越来越动人，成为其经久不衰的魅力源头。那么《白蛇传》究竟是怎样产生的？它的源头究竟在哪里呢？在这一章我们将为你解开白蛇传说的起源之谜。

《白蛇传》叙事文本的源头

《白蛇传》的传说并没有固定的文本形式，民间故事是人们口耳相传的口头文学，因而真正可以说一百个人就有一百个不同版本的白蛇故事，它们散落在民间，并且不断发展演变。在乡村田头，你可以听到老人们向你讲述白娘娘是怎样修炼成仙的，又是怎样和法海大战三天三夜的……可以说白蛇传是至今仍然鲜活的一个传说。那么这个传说是从什么时候开始流传的呢？

白娘子与小青

它的源头很难考证，因为民间口耳相传的传说并没有文本记录。但是民间片段式的传说，被文人们所搜集，经过自己的加工整理，成为完整的、有固定情节的《白蛇传》叙事文本。可以说这些文人的文本文学，正是民间白蛇传说发展的一个重要反映和佐证。

说到白蛇传说的源头，其中之一就是广为流传的蛇妻传说。典籍文本记载的蛇妻传说，唐宋时就已频繁出现。唐代谷神子《博异志》中的《白蛇记》是许多学者都提到过的。这个文本讲述了两条美女蛇害人的故事：

一陇西男子李黄在长安东市偶遇一孀居白衣女子，容色绝代，因服丧期满，欲购吉服。李黄借钱给她。女子邀请李黄到她家去取钱。李黄到后又邀李黄小住。一青衣老妇，自称为白衣女子之姨，她与李商定，若能代白衣女子偿还三十千负债，白衣女子愿意服侍左右。李同意，与白衣女子同居三日而还，回家后但觉满身腥气、头重脚轻，卧床不起，“口虽语，但觉被底身渐消尽，揭被而视，空注水而已，唯头存”。家人大惊，急忙去寻找白衣女子，但已人去楼空，树卜下各挂十五千钱，邻居说常常见到一巨型白蛇出入树下。又一个贵家公子李琯路遇美女，只闻了她身上的异香便头疼脑裂而死。家人追寻踪迹，将作祟的蛇杀死。

这两个故事强调蛇妻妖毒害人的一面，其寓意似在强调人妖不可共居，告诫浪荡公子不要寻花问柳。

宋元时期的话本《西湖三塔记》基本上也是沿袭这一类故事而生发出来的。故事发生的地点则随着宋的南迁而到了南宋都城杭州。《西湖三塔记》里讲：

宋孝宗淳熙年间，临安府官宦子弟奚宣赞于清明时节到西湖游玩，途遇一迷路女孩叫卯奴，领回家中。多日后，有一婆婆到奚家寻找卯奴，并邀请奚宣赞到家相谢。奚宣赞应约到她家，婆婆领一白衣女子与奚共饮，住半月。后女子喜新厌旧欲杀奚，为卯奴所救。奚回家后举家迁移避祸，不料第二年清明，奚宣赞又为婆婆掳至白衣女子家里。过半月后，白衣妇人又欲杀奚，又为卯奴所救。奚之叔——道士奚真人，得知后作法收三妖，现形后发现婆婆为一獭，卯奴为乌鸦，白衣女子为白蛇。

不过，在宋洪迈《夷坚志》中，我们却发现了一组属于另一种风貌的蛇妻故事。《夷坚支志戊》卷二《孙知县妻》：

丹阳城外士人孙知县娶妻，妻容貌美丽，喜穿白衣，每次洗澡时不许任何人看见。十年后一天，孙酒醉后偷看妻洗澡，却见一大白蛇，从此生疑。孙妻察觉，婉言相劝，他们和好如初。孙怏怏成疾，未逾岁而亡。文后称，“张思顺监镇江江口镇，府命摄邑事，实闻之”。

可见这是个民间故事。

此外，又有《夷坚志补》卷二十二《钱炎书生》，述广州故事；《夷坚志癸》卷九《衡州司户妻》，述衡州故事；《夷坚志丁》卷二《济南王生》，述济南故事；《夷坚志补》卷二十二《姜五郎二女子》，述建昌新城故事；《夷坚三志辛》卷五《历阳丽人》，述历阳故事。上述文本虽然情节有很多歧异，而且分散在各地传播，但其结构形式却大致相仿，都是说白蛇变化成美女，与人婚恋，后来被识破身份，蛇女死去或逃走。值得注意的是，在这一批故事里，并不呈现出前面所提到的可怖氛围。故事中的男主人公在与蛇女婚恋之后，生活一般是和谐的。除了《孙知县妻》中的孙知县由于惊吓而不到一年后死去之外，其他几则故事中的男主人公都安然无恙。而故事的结尾，则一概是蛇女的悲剧，暗示出这种婚恋并不为当时的社会所容忍，并且或多或少流露出对蛇女的同情。我们还读到了《夷坚支戊》卷三《池州白衣男子》，是一则蛇丈夫故事。又有《夷坚甲志》卷二《宗立本小儿》，说胡僧手执净瓶，将个由小蛇幻化成的小孩摄入瓶中。这个情节单元似乎与白蛇传传说中的“金钵收蛇”有着某种联系。

从上面这些各地流传的关于蛇妻的故事，我们可以认为，早在《白蛇传》传说产生之前，在中国的大地上已经有各种风貌的蛇妻故事在传播着了，这里既有以《博异志·李黄》为代表的异文，强调蛇妻的妖毒害人；又有如《夷坚志》中所收集的一大批早期的白蛇故事，讲述人蛇婚恋的悲剧。

明朝刊本《刘汉卿白蛇记》

关于《白蛇传》传说的形成，罗永麟先生有过详细论述，他认为这个传说大致经历了三个阶段。第一阶段以南宋时的话本《西湖三塔记》为代表；第二阶段以明末冯梦龙的《警世通言》中《白娘子永镇雷峰塔》为代表；第三阶段则以清代方成培的《雷峰塔传奇》为代表。值得注意的是，这三个可以用来作为《白蛇传》传说流变的阶段性成果的代表文本，恰恰都是文艺样式的创作体裁，这正说明了这个口头故事与文艺的关系是何等的密切。关于《白蛇传》传说的演变过程，将在下文中作更详尽的讨论，这里就不赘述了。

《白蛇传》的民俗渊源

从对《白蛇传》口头文学流变的考察，我们可以发现，白蛇传的中心结构就是蛇与人的关系，《白蛇传》作为民间故事，其中必然包含着丰富的民俗意象。那么我们就从民俗的角度出发，来看其民俗渊源出处何在。

白蛇故事的中心情节是人和蛇女的恋爱。在我国古代民间故事中，不但有人和蛇女恋爱的故事，还有人和鸟女、田螺女、猿女、虎女等恋爱的各种故事。此类故事可以总称为“人和异类”恋爱故事。

这是因为原始人认为“人可以变兽，兽可以变人”。在缺乏科学知识的原始人看来，一只毫无动静的蛋会顷刻变成一只鸟，一只石卵似的蛹会突然变成蝴蝶，这是不可思议的。这和人变成狗、牛变成人又有什么区别呢？在某种意义上说，似乎人变成狗、牛变成人，要比蛋变成鸟、蛹变成蝴蝶还要容易得多。于是他们逐渐形成了“变形”的信仰。这种古老的观念在以后的年代里虽然逐渐丧失了它的威慑力量，却并不会完全退出历史舞台。在漫长的封建社会里，人们仍然长期因袭这种观念，特别在佛教传入中国以后，宣扬“轮回生死”，此类人兽互变的怪异之说愈演愈烈。鲁迅说：“中国人至今未脱原始思想。”所谓原始思想，除了“万物有灵”、“禁忌”、“复活”之外，“变形”信仰是很重要的一个组成部分。“故事里保留的这些古老的观念、艺术形象和情节，说明幻想故事和古代的社会生活、意识和风习的关系是极为密切的。许多现象在今天看来是不合理或不可能存在的，而在远古的社会里却实际存在过。”可以说这样的民俗心理是形成《白蛇传》传说的重要基础。

在《白蛇传》传说文本的流传中，许多好心人想把“白蛇变人”的情节删掉，把白娘子写成一个普通妇女，但很显然要是没有这样一个白蛇变人的心理基础，那么也就没有了“端阳惊变”、“飞盗仙草”、“水漫金山”等荡人心魄的精彩场面了，《白蛇传》的特色也就不复存在了。

那么我们的祖先对蛇这一形象是怎么看的呢？在远古中华民族的民俗信仰中，蛇龙图腾、人蛇合体形象曾经长期是人们顶礼膜拜的偶像。

远古神话传说中的“神”、“神人”或“英雄”形象，大多都是“人首蛇身”。其中流传最广、材料最多的是太古三皇中的二皇，即中华民族的始祖女娲和伏羲。如女娲“人面蛇身，一日中七十变”，是一位人蛇合体的女神。伏羲同样。《帝王世纪》云：“燧人之世……生伏羲……人首蛇身”，也是人

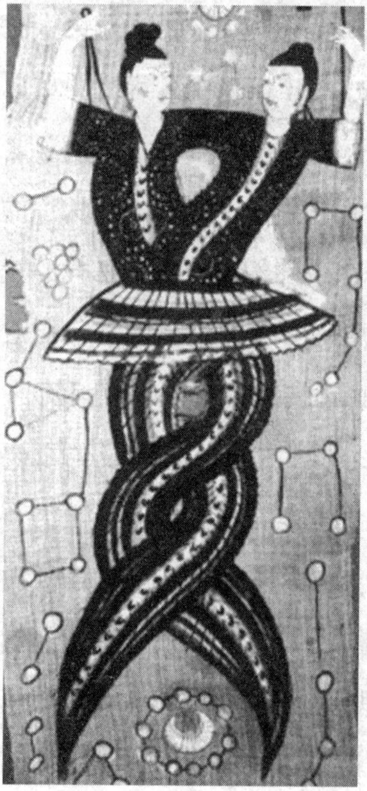
伏羲女娲图

蛇合体的神人。据现代考古认为，西汉卜千秋墓室壁画中，人身蛇尾的神像，大致为女娲，长沙马王堆女尸墓中人身蛇尾的帛画像描绘的可能就是传说中的伏羲。在汉代的石刻画像中也常可以看到人面蛇身之伏羲女娲交尾像。而且有意思的是，在伏羲女娲的交尾像出现之前的俗说或画像中，伏羲常常是单身的，性别常以女性出现，男性性别在兄妹成婚的传说中才比较明确。

从远古一直延续保存到汉代民俗艺术中的人蛇合体的诸神形象和人龙体的变形，始终是当时人民信仰崇拜的对象。人们从中产生出艺术审美意识的最初萌芽。后来，经过人的幻想、美化，从而形成各种蛇怪故事以及白蛇形象和传说。这种独特的民俗现象，既可作为我们远古祖先艺术的最早代表，也是联结后人艺术创作的纽带。中华大地上，从人蛇合体女娲及诸神的出现，到人蛇合体白蛇形象的形成，“后来的可以用先前的来解释”，两者的互相联结是十分清晰的。

除此以外，我们还有一个疑问，那就是为什么将白蛇作为人蛇故事的中心而不是青蛇？白蛇在中华民族的信仰中是不是有什么特别的含义呢？

以一定颜色作为某种旨意的标志，这是远古人们在日常生活中形成的一种民俗文化传统。如黄色，在西欧中世纪的民俗文化传统中，表示一种耻辱的含义，“异教徒的少女则必须通过衣服上的黄颜色作为标志，表明她们的‘不体面’，即低贱的社会地位”。在中国漫长的封建社会里，黄色，却曾是不少朝代权力的象征，清臣子即以获得皇帝“黄袍马褂”的赏赐为荣耀。物体加上特定的颜色，从外表就象征着该物体的性质和倾向，白蛇形象之白色，也是如此。

“白”在汉字里还有洁净、彰明、清楚、真率之意。白，象征着太阳的光芒，自然是人们顶礼膜拜的对象。如屈原《楚辞·九章》中的“精色内白，类可任矣。”《荀子》：“身死而名弥白。”白色在中华民族远古民俗中，首先是作为纯洁、吉祥的预兆征候而得到崇拜的，因此，罕见的白色禽兽的出现，常常被看做祥瑞。《史记·周本纪》中有一则记载：周武王渡河，中流，有白鱼跃入王舟中，武王俯取以祭，认为是周兴灭纣之瑞。

白蛇形象中人蛇合体与白色的基调，其本意是明朗的、可崇敬的，两者的结合更增强了这一色彩。白蛇形象人格化的姓名为白素贞，白，“内外贞”，素亦“白”，同义反复，强调了形象的纯洁忠贞。这种起名，反映了人们在塑造这一形象时，继承了民俗崇拜的传统。所以说白蛇形象是远古中华民族崇拜信仰、幻想愿望、风土人情编织而成的民俗结晶。

但是问题又产生了，既然说白蛇形象在远古是“纯洁忠贞”的象征，那么为什么在唐宋，特别是宋代话本中，呈现为吃人的蛇妖？这不是和它的本意相背离了吗？

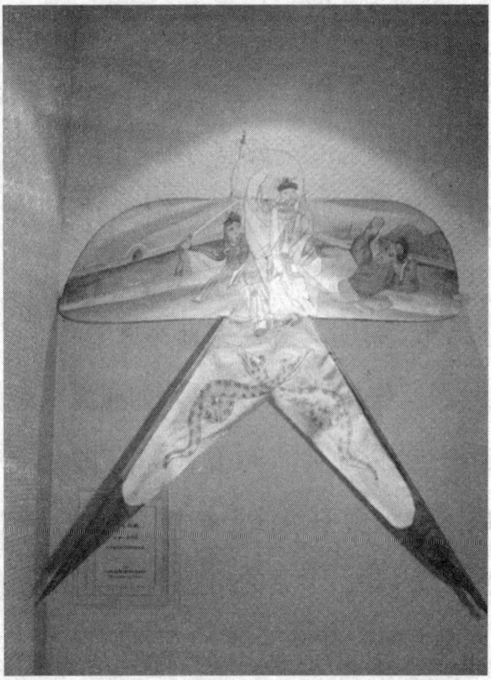

镇江白蛇故事风筝

我们可以想象，按照白蛇形象的中心结构，民众赋予它的主要故事情节应该有以下的特点：非凡的神貌、奇异的法力、可敬的情操，以及由此展开的一系列矛盾和冲突。

但是从前面的关于白蛇的传说中，我们已经发现，除了非凡的神貌和奇异的法力有不同程度的保存外，其性格情操的主要倾向，在一些本子中恰恰倒反过来。像唐传奇《 白蛇记》、宋话本《西湖三塔记》等便是这样。而到了明清、清末又演变为“灵蛇”，“五四”以来又成为贤惠忠贞的妇女典型。

如果我们从中华民族民俗文化传统的演变线索来看，那就会得到一些新的启示。

儒家学说的代表人物。孔子对民间日常生活的民俗现象，曾从实际需要出发，给予理性的引导和分析，尽可能将其纳入“礼乐”的轨道。

例如，对影响深广的鬼神及其神话传说，孔子持比较清醒的怀疑态度：“务名之义，敬鬼神而远之”、“子不语怪、力、乱、神”。季路问事鬼神，子曰：“未能事人，焉能事鬼！”在孔子看来，鬼神不一定存在，他注重的是实际的“务名之义”。鲁迅曾说：“孔丘先生确是伟大，生在巫鬼势力如此旺盛的时代，偏不肯随俗。”孔子对于祭祀鬼神的传统习俗，也是以理性的分析，从实际的天伦关系上来考察。孔子把传承下来的风习，归结到亲子之爱这一“礼”的原则上。孔子对人们信奉的风习、神话传说，不是简单地否定和肯定，而是把人们对他们的情态、观念、仪式由外在的崇拜对象或神秘境界，引导和消融到以亲子血缘为基础的现实生活的关系中，使情感不导向幽冥世界和偶像符号，而是回到日常心理和社会伦理观念中来。由于受到孔子“以礼乐定民俗”这一理性规范的影响，昔日民间所信奉的风习、所迷恋的神话传说，逐渐失去了原有的光辉和地位，朝着理性的方向发展。

正是在这样严格的理性规范下，人与人的关系来不得半点

盗仙草茶壶画

含糊，尤其是对妇女，清规戒律就更多。远离当时社会现实，人蛇合体自然要受到儒学理性批判。人和蛇不能结合共处，蛇怪故事受到歪曲，形象发生变化，这就是在唐宋故事传说中，白蛇变为害人精的思想基础。

儒家学说确实在中国封建社会长期发挥重大的影响，它曾使整个社会所共有的民俗——原始文化中的神话传说，不得不受理性的约束和影响。因而在经典史籍中一些神异内容就被历史化，如中国的神话就被称为是“戴着成人面孔”的神话。而同时，在乡野民间，崇拜人蛇合体形象的风习也逐渐减弱。但是，这种制约还是有一定限度的，人民有自己的生活，民间民俗传统观念中，这种风习并没有消失。民俗，是一种独特的意识力量，虽然不见明文规定，却具有巨大的法约作用和持久的生命力，非一时的法律和理性的批判所能灭绝。

在实际中也真是这样的，白蛇传说不论是历史记载，还是民间相传，其产生和流传的主要地域，都是曾以人面蛇身图腾为标志的古吴越地区，而在时间上，则以宋之后为最盛。

首先从地域上来讲，该地区温暖、湿润、多蛇，我们相信当地古代民俗中，蛇的故事是很多的。引人注目的是，直到今天，该地民间仍有崇蛇的习俗。如浙江和上海郊区民间俗说，每家若青、黄两条蛇都有，不能轻易惊动。宁波一些地区每逢过年，有挨家挨户舞青、黄两条小龙的祭祀仪式，实际上青、黄两条小龙就是看家蛇的变形。在人们心目中，它们是家庭的守护神。这种崇蛇的民俗心理和娱乐审美，出现在白蛇传说的中心地区，更会使人联想到白蛇形象的性格特征。

镇江民艺馆保存的民间剪纸作品《百蛇图》

同时吴越属于南中国地区，文化传统上与楚相同，而与儒家学说发家之地北中国有很大的不同。北方文化传统质朴、刚毅、少幻想、重实际，南方文化传统神奇、瑰丽、光怪陆离。而南宋以前中国的政治经济中心一直在北方，儒学的控制力，南方相对要弱一点，加上南中国的独特文化传统，南中国远古民俗风尚和艺术，确实得到更多的保存。

在中国历史上，儒家思想受到了两次较大的冲击，一次出现在魏晋，一次出现在明代。在明代，随着社会经济的发展和市民阶层的兴起，以儒学为代表的统治思想文化受到了巨大的冲击，而民俗思想文化日益解放。反映市民阶层愿望的文学艺术就繁荣起来了，《白蛇记》、《西湖三塔记》中白蛇形象的民俗基因也获得了新生，朝明清的“灵蛇”方向发展。冯梦龙的《白娘子永镇雷峰塔》、黄图珌的《雷峰塔传奇》、方成培的《雷峰塔》显示了这个发展的过程。而这些被记载下来的故事只是一少部分，大量的故事仍在民间口耳相传。民间百姓仍按照自己传统民俗的审美趣味、思想感情去理解白蛇。恰如鲁迅所说：“试到吴越的山间海滨，探听民意去，凡田夫野老，蚕妇村氓，除了几个脑髓里有点贵恙的之外，可有谁不为白娘娘抱不平，不怪法海多事的。”民意为白蛇形象恢复本来面貌留下了契机。雷峰塔于 1924 年倒塌，作为古文物是很可惜的，可在吴越民众的心目中，它是监禁了人们喜爱的白娘子的大囚笼，人们巴不得它早点倒掉。雷峰塔有什么罪呢？错就错在它在白蛇传说中被宗教附会成镇压白蛇的法物，完全背离了民众民俗的心理和愿望。

白蛇

同时民间的立场态度和受儒学宗教影响的《白娘子永镇雷峰塔》、《雷峰塔传奇》等是大不相同的。民间传说法海最后走投无路，只好逃到螃蟹壳中永世不得出来。这比起白娘子被镇在塔下的壮烈来，法海的结局显得多么卑劣和猥琐！民俗中的心理和艺术，有多么高超的见解和伟大的想象力、创造力！相形之下，更显出民间对法海结局处理的思想的深度和艺术的魅力。

也正因为有民间文化这股清泉在，才使得白蛇形象及传说不断向符合民俗和人民愿望的方向靠拢。“五四”前后，随着时代的发展，人们文化的传统不断发扬光大，真正反映人们意愿、集中表现劳动妇女的白蛇形象及传说，如晨星冉冉，升起在中华大地上，活跃在舞台中，风行于传说里。民间白蛇形象及传说，就是这么发展的。为使作品能受到民众欢迎，招徕更多的欣赏者，明清以来的各种文学本和戏曲本，不得不按照民间的白蛇形象和传说去修补自己的作品，这才是白蛇形象从蛇妖又回到灵蛇形象的真实的民俗原因。

他国起源说

当然，还有一些说法认为白蛇传说有中国基础，但其源头

瓷器中的白娘子传说

是外来的。中国的白蛇传只不过是借印度流传的故事而把中国旧有的各种片段传说或掌故组织起来，使其成为一个有系统的有生命的活跃的故事罢了。

印度教认为宇宙初创，是由两条大蛇（Nagas）搅动乳海开始。印度教传到东南亚，12 世纪元代周达观的《真腊风土记》记述了真腊国王有一“天宫”，夜夜登上天宫与蛇精交

合，也是人蛇交媾故事的雏形。在印度东北部卡塔卡里地区的舞剧“卡塔卡里”中有《蛇变少女》的节目，其中新郎故意灌醉新娘，使她现出蛇形的情节，颇像《白蛇传》中“端阳惊变”一折。

奇石中的白蛇

印度人蛇的故事不只传入东亚，也向西方传入希腊。希腊神话中就有拉弥亚与青年利西乌斯（Menippus Lycius）结为夫妻，结婚当天，来了个阿波罗尼乌斯（De Vita Apollonius），识破拉弥亚是蛇的情节。

在亚洲国家中也流传着相似的传说。

朝鲜古典戏曲《蛇郎与少女》中，是讲蛇变成少年，与少女恋爱的故事。也是悲欢离合，最后蛇妖被揭穿，少女遇救。另一出《仙姬》，是讲蛇化成少女，因为她善良温顺，最后让她永远成为人，仙凡团圆。

日本歌舞伎中有《蛇妻》和《蛇别》，故事情节和《白蛇传》中的游湖借伞、断桥相类似，不过他们写的是诀别，因为

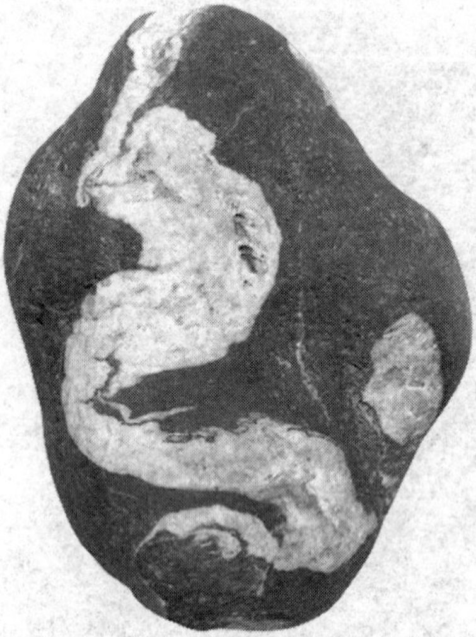

奇石中的白蛇

神佛不准他们相爱，蛇妻把孩子留下，飞升而去。同时日本还有一出《鹤妻》。写一只仙鹤化成美女与一青年结合，她为了丈夫生活得美满，自己终夜织锦换钱。她晚上关在房里用自己的羽毛织锦，丈夫不守信约，偷看了真相，她于是化鹤而去。

真实原型说

不过还有人认为，白娘子许仙之说并非空穴来风。据《青

白娘子与许仙

庵秘谈》载："明代隆庆、万历年间，有青城道士许道生，常往嘉湖之间，善医小儿夜啼，屡有奇效，人皆以'许仙'呼之。其眷白氏，好素衣，人呼为'白娘子'，风韵殊绝，善纸扎五彩葫芦，端午馈赠所知，悬之门壁，以祓（fú，音福）不祥。后为仇家诬彼以工魇魔，为官收之，毙于狱，人争惜之。其徒收其尸，埋于西湖雷峰塔下，（许）道生则不知所终。"这里就是说明代有一个许道生擅长给小孩子看病，大家都叫他"许仙"，而他的妻子则因为喜欢穿白衣服而被人叫做"白娘子"。白娘子会给人扎葫芦，用来端午节避邪。但官府认为这是邪门歪道而把她关进了牢狱，最后死在狱中，被人们埋葬在雷峰塔下。

白蛇传

也有人认为白蛇传说最初起源于民间发现巨蟒的传闻。据杭州《净慈寺志》记载，在宋代该寺附近山阴曾出现过巨蟒，并会变女人时常害人。而陈芝光《南宋杂事诗》中，也已见

"闻道雷峰蛇怪"之说。此外，民间还有法海做了坏事，竟躲在田螺壳里不敢出来的传说，也是这个故事的片段材料。还吸收了一些金山原有的僧龙斗法传说。

20世纪80年代，杭州举行的白蛇传说学术讨论会上，就有人认为过去收集到的凡人白蛇传说，一概视其为受戏曲影响而后起的，因而不予重视，是不妥的，从白蛇传说的内容看，与现实生活更为密切。据说上海还有许姓人氏，声称是白素贞后裔，其家谱上曾有记载，可惜家谱已毁于战火，无资料佐证。

白蛇传说的地域起源

白蛇传说的地域源流说，可以分为三说。

一、认为传说起源于杭州西湖

不少著作都根据宋话本《西湖三塔记》、明代田汝成的《西湖游览志》等推定在《白娘子永镇雷峰塔》话本写成之前，杭州民间已有《白蛇传》故事的流传。同时，故事从开始的白娘娘游湖、遇雨借伞、还伞成亲、钱塘库盗银，到后来的断桥相会，直至镇压雷峰塔，大部分情节与西湖风物结合在一起。

二、认为传说不能忽视镇江一源

西湖

因为早在唐代就萌芽了金山寺和尚降伏白蛇的原始传说，而且《白蛇传》故事中的水漫金山、金钵收蛇等情节，都可以在金山寺的传说中找到一些渊源。因此证明镇江一源，“比较杭州一源的产生时期可能更早一些。传说的情节也更为具体”。白娘子的大敌是谁？他们中间经过哪些斗争？这些空白部分就是用镇江金山一带的神话传说来填补的。

三、还有一说认为传说起源于四川峨眉山

因为传说白蛇与许仙原是四川人，峨眉山下的白龙洞和青蛇洞，原是白娘娘和小青修炼的地方。许仙住在山下许家湾。许仙常常上山采药为母亲治病，与白娘娘相识。后来，药山飞到杭州，把许仙带到杭州。白娘娘随之追随到杭州，因而才有了白蛇传的传说。

金山古寺

而从民间采集的资料来看，白蛇传说的传布，浙江、江苏流传最为广泛，白蛇故事是从江浙然后向南、西、北流传，而后在全国形成了一个传播网。

第三章

《白蛇传》的历史演变

在上文中，我们讲述了《白蛇传》的起源。原来它并不是由个人创作的文学作品，而是一代又一代人集体思想智慧的结晶。我们也发现白蛇传说的主要情节以及人物形象并不是一成不变的，而是随着时代的发展、人们思想认识的演变而不断发展的。白蛇形象由开始的蛇妖精到后来的灵蛇再到近代的妇女典型形象，情节也是不断得到丰富和发展的。在当代，白蛇的传说依然在延续着。

文人笔记中的白蛇故事演化

《博物志》

最初的白蛇传说雏形见于唐人谷神子的《博物志》，在《白蛇记》这篇神话小说里记述了一位姓李的公子，与白衣少妇“一住三日，饮乐无所不至”，最后化为一股血水，原来少妇为“蛇妖”所变。

《西湖三塔记》

到宋元时代，白蛇故事发生了变异：

内容上，宋元话本《西湖三塔记》中的白蛇传说已经与前代不同了。在情节中加了一个知恩图报的卯奴，结局也发生了变化。李黄最后是受白蛇的妖气中毒而死的，而奚宣赞却没有中毒，且还有道士作法收妖，将其打回原形的情节。从这个最早的故事雏形里，可以看出后来得到保存的几个情节元素：清明、游湖、白蛇、造塔、镇妖。

细节上，男主角的名字也变化了，前代叫李黄，这里叫奚宣赞。奚宣赞与许宣名字也有谐音之处。人物的身份也开始明朗化，奚宣赞是官宦子弟，而李黄为官为商不太清楚。再者，故事的发生地也发生了变化，由长安转移到临安府，地点也越来越接近西湖了。

《白娘子永镇雷峰塔》

至明天启年间，冯梦龙编的《警世通言》中的《白娘子永镇雷峰塔》，白蛇传说发生了质的变化。

南宋绍兴年间（1131～1162年），南廊阁子库官员李仁内弟许宣做一药铺主管。一日祭祖回来，在雨中渡船上遇到一自称为白三班白殿直之妹及张氏遗孀的妇人，经过了借伞还伞后，此女要与许宣结为夫妇，又叫丫鬟小青赠银十两。殊不知

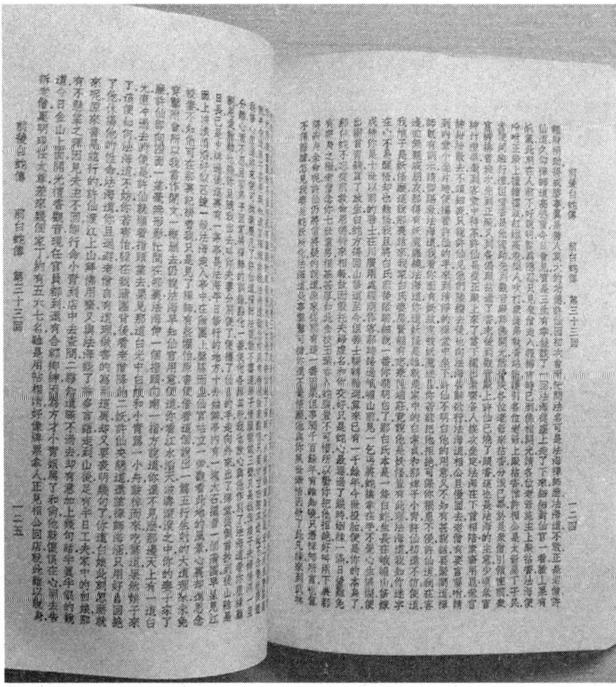

《前后白蛇传》

此银为官府库银，被发现后，许宣被发配苏州。在苏州与白娘子相遇而结婚。后许宣又因白娘子盗物累及，再次发配至镇江。许、白又于镇江相遇复合。而法海作梗，扣留许宣，使白娘子索夫不成。许宣得知白娘子为蛇妖后，惊恐万分，要法海收他做徒弟。许宣修炼成功后，修塔镇住白娘子，留警世之言后坐化。

其基本的情节结构如下：

1. 清明　游湖　舟遇　借伞（许宣清明游湖，遇白娘子和小青，许宣将借来之伞再借给白娘子二人）

2. 许嫁　盗银　发配　结亲（许宣索伞，白娘子主动求婚，赠银；案发，许宣发配至苏州，白娘子主婢二人前来，释疑，与许宣成婚）

白娘子

3. 赠符　涿道　案发　变形　开店（许宣遇道士，赠符与之收妖；白娘子当众逐道；许宣因白娘子所赠衣物被捕，发配镇江投奔叔父，白娘子与小青再度寻来，释疑修好；李员外起淫念，被白娘子显形吓倒；许宣离开李员外，自开药店）

4. 棒喝　劝和　捉蛇　法剿　镇塔　出家（法海和尚来店募缘，许宣去金山寺还愿，法海棒喝许宣；许宣遇赦回杭州，白娘子二人先到，白与许宣争执，小青劝和；许宣姐夫设计请人捉蛇，白娘子显形；许宣恐惧，欲投水自尽；再遇法

海，受赠钵盂；许宣遂收服白蛇青鱼二物，砌雷峰塔押镇，留偈四句：西湖水干，江湖不起，雷峰塔倒，白蛇出世；许宣出家）

这时，后世的白蛇传说格局基本出现，与前世相比，首先在传说主题上发生了变化。这里的白蛇已经是一个对爱情忠贞、令人同情的妇女形象，她不再是一个害人的妖。在白娘子身上，体现了一个为人妻子的温柔美德，她是一个蛇形人心的女子，她的妖性大大地减弱，不再害人而是帮人。不过许宣这个人物，却为人不齿，贪生怕死，毫无人格可言。尽管与前世相比，许宣形象仍是负面的，但此时的许宣更可恶。前世的李黄、奚宣赞，他们可以怨恨白衣女子，因为白衣女子害人，但许宣不行，白娘子是个好姑娘。

其次在叙事内容上也发生了变异，此时是许宣亲自作法修塔镇住白娘子，而前世的只不过由道上作法将白蛇打回原形。此时还出现了第二主角——丫鬟小青。法海这个人物也创造了出来。总之，白蛇传说的人物基本出现。

最后在细节上更是发生了变异。（1）姓名上：李黄——奚宣赞——许宣；（2）身份上：不清不楚——官宦子弟——药铺主管；（3）相遇途径上：还钱——还人——还伞；（4）地名上：长安——临安府——西湖边。

这就是今天人们熟知的故事情节。此后改编的戏曲和演唱文学，基本都以这个话本的情节为根据。这时的白蛇形象，以人性为主，勇敢善良，而妖貌终难改变，最后不得善终。

《绣像义妖传》

清嘉庆年间陈遇乾的《绣像义妖传》是对《白娘子永镇雷峰塔》的补充，大致的情节并没有变化，只是加入了更多对白娘子的形象的刻画与同情。内容上加入了端午、水斗、断桥等情节，使白娘娘的形象更为丰满、动人。此时白娘子终于有了自己的名字：白素贞。

《雷峰塔传奇》

雷峰塔

乾隆南巡时，方成培改编了三十四出的《雷峰塔传奇》，共分四卷，第一卷从《出山》、《收青》到《舟遇》、《订盟》，第二卷是《端阳》、《求草》，第三卷有《谒禅》、《水斗》，第四卷从《断桥》到《祭塔》收尾。《白蛇传》故事的主线框架大体完成了。而这出戏的本子，因为有乾隆皇帝御览的招牌，更使民间趋之若鹜，从士大夫到贩夫走卒，没有人不知道《白蛇传》了。

故事中最大的突破是增加了能表现白娘子性格的“水斗”、“盗仙草”等情节，这重要情节的发展更与镇江有着密切关系。从此，有了“水漫金山寺”之说，既增加了故事的传奇浪漫色彩，又表现了白娘子的人情味以及对爱情的忠贞不渝。故事中妖气减弱，从白娘子与许仙的矛盾，改为白娘子与法海之间斗争。故事情节也更明确地体现了民众的愿望。

方成培的《雷峰塔传奇》主要情节发展到三十四节（见清乾隆三十六年，即 1771 年《水竹居》刻本）：

开宗　付钵　出山　上冢　收青

舟遇　订盟　避吴　设邸　获赃

远访　开行　夜话　赠符　逐道

端阳　求草　疗惊　虎阜　审配

再访　楼诱　化香　谒禅　水斗

断桥　腹婚　重谒　炼塔　归真

塔叙　祭塔　捷婚　佛圆

其实，后世对于白蛇传说的变异大致体现在结尾上。在《绣像义妖传》里白娘子是由法海镇住关在雷峰塔里，许仙也因此而出家，二十年后白氏之子许梦蛟高中状元，衣锦还乡祭母，于是白素贞难满出塔，全家团圆。此时的许仙还有一些人性，结局是大团圆。而田汉的《白蛇传》里的结尾是小青修炼成为青蛇大仙，破塔救人。

这些变异都是有原因的，一时代有一时代的民间文学，由于历史的发展、时代的变迁、自然环境与社会环境的差异都对白蛇传故事产生了不同程度的增补删减。而且更因为个人记忆的偏差、个体心理机制的差异，对白蛇传故事的创造产生了更为重要的变化。文人由于不同的写作立场，在白蛇故事的改编中既汲取了民间的养分，其本身也是文人的再创作。

在白蛇传说的变革中，我们可以看到，白蛇最初是一条害人的蛇妖，属于典型的美女蛇，男主角也是一些“牡丹花下死，做鬼也风流”的次等角色，其重要意义是没有的。随着人们文化程度的不断提高，人文性的不断加强，在原先美女蛇的基础上，塑造了一个美丽深情、集人类诸多美德于一身的白素贞形象，她不再是一个反面妖物，而是被定位为一个“只羡鸳鸯不羡仙”的令人同情的坚强的妇女典型。法海的地位，也不再像前代那样令人尊敬了，鲁迅在《论雷峰塔的倒掉》中，对于这个多管闲事的和尚只讲了两个很痛快的字：“活该!”后世的《白蛇传》故事，更体现了人们爱憎分明、善良质朴的美丑观，而人们也是以此为原则，进行了《白蛇传》传说的再创作。

民间白蛇传说的流传

《白蛇传》传说起于唐宋，经历了几个发展阶段后，至明清已基本定型。在《白蛇传》基本定型之后，由于有戏剧、弹词、唱本等各种形式，通过演唱、说话和口头流传等方式，在群众中形成了广泛的影响。从民间传说到文人写定，从文人写定又回到民间流传，这就出现了《白蛇传》的“回流”现象。

文人笔记对白蛇传说的形成和发展起了不小的推动作用。但是文人采录蛇怪故事的立意各不相同，感情色彩上也不可能同民间完全一致。因此，使白蛇传说成型并广为流传的，主要是靠民间的流传。民间的流传方式包括话本、故事等民间文学形式，也包括弹词、鼓词、宝卷以及梆子、乱弹、高腔和滩簧等民间艺术的形式。

长期以来，民间流传着白蛇报恩和不服天条的传说。在瓜棚树下纳凉的时候，老百姓就帮助优伶和说书人传播白娘娘反抗法海的传说。也许他们的宣讲能力不如那些艺人，但是他们生发和补充的本领是很大的。因此，从明代冯梦龙的《白娘子永镇雷峰塔》到清代陈遇乾的《义妖传》，都采纳和吸收了许多民间的说法，一方面极力渲染法海和道士的道行和法术，首先让人们觉得这些人不是好惹的，然后描写白娘子如何对付“秃驴”和“贼道”。白娘子轻而易举地就战胜了他们。道士被高高吊起，法海要是没有那件象征佛法的袈裟，也险些葬身鱼腹。《西湖民间故事·白娘子》中反抗性更强。小青勤奋修炼，最后终于搭救出白素贞，二人合力将法海这个多管闲事的臭和尚打得逃入了蟹壳里，成了蟹壳和尚。从这里我们可以看出，民间传说有很强的感染力，反映了人民的愿望。而这些民间故事又与民间戏曲联系密切，成了传统戏曲的题材。

镇江法海像

我国的传统戏曲，严格来说，除昆曲以外都属于民间戏曲的范畴。如乱弹、高腔，如梆子、秦腔和滩簧，都是在民间土生土长的地方戏曲，俗称“花部”（这个花指花样繁多，也有丰富和繁杂之意），区别于昆曲之“雅”。他们的脚本千百年来都是以手抄甚至老师傅口头流传为主的，有的是没有文字的“路头戏”和只有简单提纲的幕表戏，也属于民间口头文学的范畴。至于曲艺，除了苏州弹词和宁波的四明南词、杭州的杭曲有本子相传外，许多说唱，包括浙江的宁波走书，舟山的瓮州走书，镇海的蛟川走书，绍兴的莲花落、鹦哥调，金华、台州的道情和温州的鼓词，杭州的琴书，等等，基本上都是口头文学。

结　语

文人笔记将最初口头流传的民间叙事加以整理，然后再由民间广为传播。民间的流传方式包括民间传说和民间戏曲。这两条线索互相影响、互相补充、互相促进，推动《白蛇传》不断向前发展。

《白蛇传》是经典，但是，《白蛇传》是否已经定型，却是很难回答的事。

一直到现代，日本、香港地区都曾经一再把《白蛇传》改编成电影。台湾不止民间地方戏剧《白蛇传》久演不衰，现代舞蹈有由“云门舞集”改编的《白蛇传》，现代剧场也有“临界点剧象录”改编的《白水》。《白蛇传》的魅力依然存在，是真正活着的“经典”。《白蛇传》作为一个根植于民间文化土壤中的人蛇恋传说，在其近千年的流变过程中，逐渐融合于现实，融合于世俗，走进了民族集体无意识之中。正是这种民族无意识在不断地改造着这个故事，推动着这个传说的衍变和发展。民众对蛇的敬畏夹杂着的爱恨也在影响着这个传说的衍变，影响着白娘子形象的转变，也影响着白娘子最终的命运。

第四章

《白蛇传》的文艺体裁

《白蛇传》在长久的流传演变过程中，其传播的形态并不是单一的，而是多元化的。在口头文学范畴里，除了散文体的口头叙事之外，歌谣、长篇叙事诗同样在讲述着这个动人心弦的悲剧故事。而在俗文艺范畴，涉及的文艺样式之多，就更加令人眼花缭乱：各种说话、说唱、宝卷、戏曲、通俗小说、年画、民间雕塑……几乎都在用各自的独特手段，叙述着这个传说。它们展示在民众面前的艺术形象可谓千姿百态、争奇斗妍。此外，电影、电视、舞蹈、歌曲、舞剧、歌剧、话剧等新文艺样式也都卷进了这个洪流，共同构成了《白蛇传》的艺术世界。《白蛇传》已经成为中华民族传统文学中一个尽人皆知而又无法忘怀的符号象征，是中国人的精神骄傲。

话　本

这里我们首先要提到的是说话艺术。说话艺术由来已久，它的源头就是民众间的讲故事，这是毋庸置疑的。不过随着社会的发展，其中一部分特别擅长表演的人开始以此为职业，成为“专业”的讲故事人，这就有别于传统的讲故事了。至此，说话艺术才从民众间的口头叙事活动中独立出来。从周秦汉魏时代的俳优侏儒，到唐代寺院里的俗讲，再到唐宋时代城市里的说话艺人，我们大致上可以看到说话艺术脱胎于讲故事而走上独立发展的轨迹。到了宋代，城市的进一步繁荣造就了市民阶层的空前壮大。市民阶层对于文学艺术的需求，则刺激着说话艺术的成熟。这在《东京梦华录》、《梦粱录》、《武林旧事》、《西湖老人繁胜录》等典籍中有充分反映。当时说话艺人的数量之多、技巧之高、分工之细，都令人惊叹。当时的说话艺人主要在城市的勾栏瓦肆里表演，有的则会在茶肆酒楼、露天空地与街道、寺庙、私人府第、宫廷、乡村等各种场合施展技艺。

不难想象，由于讲故事的场合、对象起了变化，传统的“拉家常式”的轻声慢语而又十分自由自在的讲述方式已经不能适应新的需求了。为了谋生，优秀的说话艺人需要具有相当广泛的历史知识和一定水平的文学修养，讲说时声调的高低、节奏的疾徐，务必随着故事情节的起伏而做出变换，穿插敷衍、插科打诨，甚至还得有说有唱，加入一定的身段手势，于是便形成了一整套说话的艺术。随着他们讲述的故事在内容篇幅上的不断扩大，情节描述上的愈趋细腻，就必然促使他们写成文本，这样既可供师徒传授之用，又可作为艺人平时揣摩复习备忘的蓝本。这种文本通常称为“话本”，其中一部分话本保存至今，成为我们研究当年说话艺术的宝贵资料。

值得注意的是，迄今为止我们所能读到的最早的两个讲述白蛇传说的文本，居然都是话本。《西湖三塔记》见于《清平山堂话本》，一般认为是南宋时流传下来的。这在前面已经多次提到过。

故事叙述淳熙年间临安府（今杭州）少年奚宣赞，清明节游西湖，遇见迷途女孩白卯奴，遂将她带回家。后女孩祖母来寻，奚又送她们回家，遇见女孩之母白衣娘子。原来此三女皆为妖精，白衣娘子是白蛇精，爱上奚，遂与奚同居半月。后白衣娘子害奚，几经周折，奚的叔父奚真人相救，用道法捉住此三妖（白蛇，乌鸦，獭），并造三石塔将三妖镇压于西湖之中。

这个故事和《西湖游览志》卷二所记“三潭印月镇压西湖三怪”的说法大致相符，可见它源于民间口头叙事而后又进入了说话艺术领域。有的学者认为这个故事和《白蛇传》传说没有关系，当是另外一个口头故事，这也有一定道理。不过我们不能否认它对《白蛇传》传说的影响。至少它是在讲述人与蛇幻化成的美女婚恋的故事，作为《白蛇传》传说的滥觞，还是说得通的。

《白娘子永镇雷峰塔》见于明冯梦龙编纂的《警世通言》第二十八卷。傅惜华认为，“从这个话本内容，一些有关历史地理的问题，而与宋人史籍施谔（è，音恶）的《淳祐临安志》，吴自牧的《梦粱录》，周密的《武林旧事》等书记载的，比勘印证起来，另一方面再从这个话本的‘说话’的风格研究起来，都可以证明她就是那南宋时代所流行的话本。”故事梗概如下：

南宋绍兴年间，杭州一药店青年伙计许宣清明扫墓归来遇雨，白蛇幻化的少妇白娘子与青蛇幻化的丫鬟与他同船，临别向他借伞。许去取伞时，白娘子主动向他求婚，赠银作婚聘之资。许求姐夫李仁做媒，李是公差，正在查办库银被盗案，发现此银是库银，到官自首。公差去捉白娘子，白祭起妖法逃走。县官将许宣发配苏州，李仁托人照顾许，许在苏州安身。半年后，白娘子寻到苏州，与许宣成婚。许在白的资助下开药店谋生。许在承天寺遇见茅山道士，说白是蛇妖，赠符嘱许收妖。道士收妖不成，反被白吊打。许持白所赠扇子游庙会，再度被捕入狱，发配镇江，住在李员外家。白追到镇江与许相遇，再度同居，此时许已怀疑白是妖怪。期间李员外欲调戏白，反被白变形相吓。许离开李家，又自开药店。许到金山寺还愿，遇法海和尚，法海劝许回杭州。白也赶到杭州，与许争辩。白说：“若叫我言语喜喜欢欢，万事皆休；若生外心，叫你满城皆为血水，人人手攀洪浪，脚踏浑波，皆死于非命。”后遇法海赠金钵，遂将白收入钵中，镇压在雷峰塔下。法海同时又收镇了小青。

这个文本中的白娘子，还充满了妖气，但是故事的基本情节则显然已经大致成型。此后各种文艺样式搬演《白蛇传》，几乎都是在此基础之上再有所改编、发展而成的。一方面我们可以认为这个话本与当时民间流传的《白蛇传》传说比较接近，另一方面它又对此后《白蛇传》传说的发展产生了比较大的影响。

说　唱

其次我们要提到说唱。说唱与说话，只是表演的艺术形式不同，它们所要叙述的故事本身，则往往是相通的，前者唱故事，后者说故事，如此而已。明田汝成《西湖游览志余》卷二十云：

杭州男女瞽（gǔ，音股，指眼睛瞎）者，多学琵琶，唱古今小说、平话以觅衣食，谓之“陶真”。大抵说宋时事，盖汴京遗俗也……若红莲、柳翠、济颠、雷峰塔、双鱼扇坠等记；杭州异事，或近世所拟作者也。

这就告诉我们，当年杭州有一种盲艺人，一边弹琵琶，一边唱曲，人称“陶真”。他们唱的曲目里就有《雷峰塔》。陶真《雷峰塔》的文本今已不传。据路工研究，清代乾隆年间流传下来的弹词《雷峰塔白蛇传》迄今至少已发现了四种不同的版本。他认为“陶真”即是弹词前身，而乾隆年间的《新编东调雷峰塔白蛇传》弹词中的形式、语言，又和现代苏州弹词没有多少区别。承前启后，这些文本的价值由此可见。审视这些弹词《雷峰塔》文本，可以看出，它们既继承着话本《白娘子永镇雷峰塔》的故事形式，又有了不少新的发展。比如在那里增加了“端阳惊变”、“飞盗仙草”、“白娘子到金山寺与法海斗法”、“黑鱼精替白娘子报仇”、“白娘子在塔内生孩儿”等情节。尤其是主题思想出现重大转折，不再强调人妖不可共居，而是“通过对白娘子、许仙的美满夫妻生活的赞颂，谴责了封建势力代表法海禅师的破坏，反映了人民要求婚姻自主权的美好愿望”。

雷峰塔

弹词，只是诸多传统说唱中的一种样式，在傅惜华编的《白蛇传集》中，我们还可以读到马头调、八角鼓、鼓子曲、鼓词、子弟书、小曲、南词、宝卷、滩簧等不同说唱样式的一大批《白蛇传》文本。20 世纪 50 年代以来，这方面的采录成果大量涌现，更是不胜枚举。比如 1982 年，浙江省民间文艺研究会从杭州评词老艺人金荣芳口中录下《白蛇传》录音带 25 盒，初步记录 16 万字脚本。江苏、苏州、湖州，河南等地也都直接采录当地的地方曲艺《白蛇传》，获得珍贵的记录稿。有关学者还发现了一些珍稀抄本，如刘操南发现的《秘抄白蛇奇传》，清道光二十二年本，160 万字；高国藩发现《金山宝卷》，清咸丰八年本，都有着极高的研究价值。

戏曲——传奇

《白蛇传》传说和我国的戏曲关系显得最为密切。据 1959 年统计，我国各民族、各地区三百六十多个戏曲剧种和三百多个曲艺曲种，大都有《白蛇传》改编的传统剧目和曲目，可见《白蛇传》传说和我国戏曲关系之密切。戏曲舞台上演出的《白蛇传》给人们留下了极其深刻的印象，这是众所周知的。无论是昆曲、弋腔、秦腔、梆子、京剧，还是全国各地的地方戏曲，几乎都把《白蛇传》当做自己的保留剧目。这中间，可以说有无数的戏曲艺人，以及一大批剧作家，都被《白蛇传》传说口头叙事的或说唱的艺术所感动，情不自禁地投入到了戏曲《白蛇传》的移植和改编创作中去，呕心沥血，精益求精，反复揣摩，不断修改。《白蛇传》一经搬上戏曲舞台，更是如鱼得水，如虎添翼，大大增加了施展故事魅力的空间，在中国文化领域里占有重要的一席之地的位置，放射出了令人炫目的充满无限魅力的文学光彩。

许仙一家

《白蛇传》的戏曲舞台演出，大概从明代就已经开始了。洪武年间的剧作家郏经，曾据话本《西湖三塔记》改编为同名杂剧。对于这个剧本，学界还有些争议。万历年间，陈六龙撰《雷峰记》，可惜的是剧本已经失传。我们今天所能见到的，则是清乾隆年间出现的三部《雷峰塔传奇》，它们后来又成为各种地方戏曲《白蛇传》的祖本，其价值之高，可以想见。所谓“传奇，无奇不传”。这些早期的传奇作为戏曲舞台的脚本，为人们口耳传唱。《白蛇传》的传说和《西厢记》、《牡丹亭》不一样，不是在深宅大院的画堂水榭里演唱，而是在小村镇的庙台和草台上演出。一阵阵振奋人心的大锣大鼓，使观众对白娘子的不幸遭遇和悲惨的命运，产生强烈的同情。于是，《白蛇传》的传说随着很多目不识丁的老百姓的眼泪与唾沫越传越广。戏曲成为他们认识社会、理解生活的教科书。

白娘子与许仙

乾隆三年看山阁刻本《雷峰塔传奇》，题为“峰泖（mǎo，音卯）蕉窗居士填词”，蕉窗居士即松江人黄图珌（bì，音必）。这个剧本出现较早，后两个剧本又都是在它的基础上改定的。而这个剧本的蓝本，则是《警世通言·白娘子永镇雷峰塔》，可见它间接继承了民间口头相传的《白蛇传》传说，是由口头传说进入戏曲舞台的关键性一步。有学者指出，黄图珌在该剧本的艺术处理过程中，曾经给民间传说带来“严重的损害”。比如，他把许宣写成如来座前与白蛇有宿缘的捧钵使者，把白娘子写成叛逆佛教、堕入红尘的妖邪，在许多地方都充斥着宗教说教，于是也就削弱了其中的艺术魅力。不过，这个剧本的格局毕竟基本保留了传统，这是应该予以肯定的。在这个剧本里，白娘子尽管被写成蛇妖，在具体描述上却是一个对感情极度忠贞、对生活非常严肃的精灵，因而获得观众的普遍同情。在当时的戏曲舞台盛行团圆风气的情况下，黄图珌却坚持保存故事的悲剧结局，一则表现出作者的艺术见解不落窠臼，二则在客观上加强了《白蛇传》戏曲的艺术魅力。平心而论，黄图珌将口头叙事的《白蛇传》传说搬上戏曲舞台，使之在新的天地里一展风采，是功不可没的。

乾隆年间，又出现了一种梨园抄本，相传乃是著名戏曲演员陈嘉言父女二人合编。这是一种供演出用的脚本，迄今已发现十余种异文，同出一源，而又会在个别剧目处有所歧异，这正体现了戏曲舞台实践的生动性。这种梨园抄本的底本是看山阁刻本，不过却又有了重大改动。比如，它砍去了白娘子惩治渔民的《回湖》、《彰报》与法海救护渔民的《忏悔》等情节；增设了《端阳》、《求草》、《救仙》等为后世视作精华的场次；在看山阁刻本基础上发展创造出面目崭新的《水斗》、《断桥》；结局则增饰了许仕林出世、中状元和白娘子获释等大团圆结局。梨园抄本表达了当时戏曲艺人的艺术见解，虽然并不全部妥善，但总的来说，这种改动在艺术上绝大部分还是成功的，从而使得《白蛇传》戏曲又向前迈出了一大步。

乾隆三十六年水竹居刻巾箱本，是这三种《雷峰塔传奇》中最为成熟、影响也最为深远的一种。作者新安人方成培，有关他的写作动机和写作过程，在水竹居刻本前面的《自叙》中已有交代。有学者认为，这个本子是在尊重民间艺人成果的基础上所进行的合理加工。方成培本删去了抄本中较为平庸、累赘的八个场次，而对于《端阳》、《求草》、《救仙》、《水斗》、

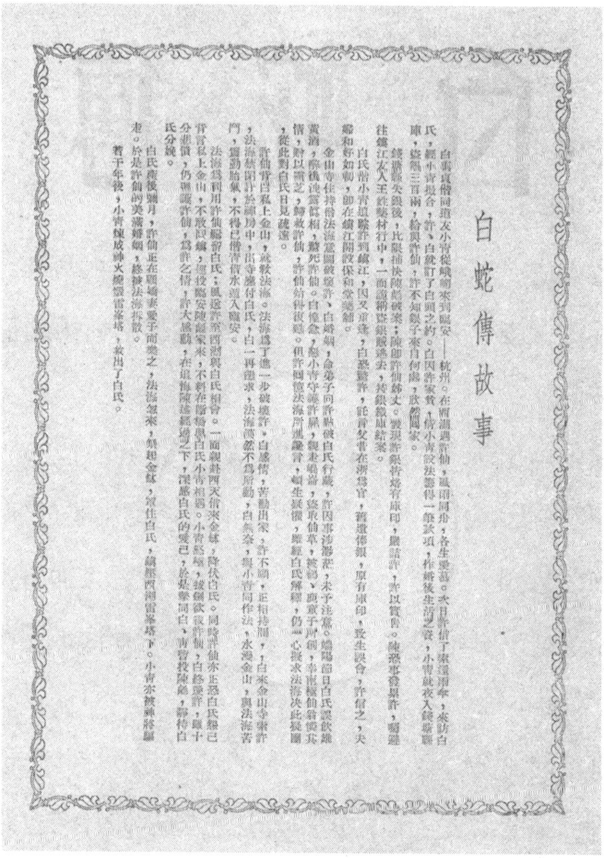

白蛇傳故事

京剧白蛇传剧本

《断桥》等为大众欣赏的场次，则做了不同程度的保留或加强。曲辞宾白的修饰改动也很大。尤其要提到的是，方成培对于许宣、法海、小青等几个重要人物都做了新的处理。他有意识地强调许宣善良、单纯的一面，大量删削原抄本中许宣咒骂白娘子的恶言毒语，着重刻画了许宣内心的矛盾与痛苦，使之从一个帮凶、负心贼的身份而改变为上当受骗的悲剧人物。剧本对法海的批判也明显增强，新设计的台词，尽情批判这个披着宗教外衣的伪君子的丑恶灵魂，达到较好的效果。方成培还用了许多笔墨来刻画青儿的艺术形象，强调她泼辣奔放、嫉恶如仇、热情仗义、敢作敢为的性格，成为了烘托白娘子性格不可或缺的艺术手段。

其实方成培本最大的特点，是在借蛇说人的故事，借蛇仙的无所畏惧，表达人间凡夫俗子对封建桎梏的愤懑之情。“蛇”只是一种假托。

剧本中还出现了前所未有的白娘子怀孕的情节。这个情节，“不仅一般地说明她和许仙的爱情已经结出了成熟的果实，更重要的意义在于：这个异类不仅丝毫没有害人的事实，而且居然能够孕育出一个‘人’的后嗣……这就彻底证明了白娘子是‘人’，而不是‘妖’。”

方成培的改编，也不是他一时的“灵感”，而是他从民间传说中所得到的启发。他为了写好这个剧本，曾亲自跑到老家徽州调查民间的材料。在被调查的人中，有一个跑江湖到过四川做买卖的老人，告诉他峨眉山有两个地方：一个是白蛇洞，传说是白娘子修炼的地方；一个是黑龙潭附近，传说是青蛇娘子修炼的地方。聪明的方成培，就在修炼二字上做文章，把蛇妖改成了蛇仙。从此白娘子就非同一般了，她有道行法术，能呼风唤雨、随机应变。这神奇的一笔，给《白蛇传》故事注入了新的生命，使得白娘子形象脱离了“妖性”而亦人亦仙，奇幻瑰丽。

比如在《水斗》中，白娘子有一段很有力的表白：

白娘子：老禅师，你是佛门子弟，岂无菩萨之心？（唱北出队子）

望您个发慈悲方便放渠曹，俺这里，俺这里礼拜焚香折柳腰。

法海：我已将你妖变的根由向他一一点明了！他听了十分害怕，不肯与你为夫妇，你只管苦苦缠他怎的！

白娘子：（站起）呵呦，我这般哀求，只是不肯放还。你拆散人家夫妻，天理何在？

法海：你这妖孽，既知天理，为何在人间害人？

白娘子：我敬夫如此，何曾害他？你明明煽惑人心，使我夫妻离散。你既不仁，罢罢！我与你势不两立矣！

这是两百年前的比较完整的剧本，从人物塑造来看，它的立意、遣情、造型和设计，和今天的编导也相差无几，这个文本已经达到了较高的思想水平和艺术境界。

由于戏曲家的参与，《白蛇传》的传说在口头文学和戏曲之间，辗转相传，交叉影响，使这则优美的民间传说大大缩短了形成时间，也使它比其他传说的情节丰富多彩，人物更丰满，主题更深刻。我们从历史记载的方成培、黄图珌和《白蛇传》的关系中，可以找到他们耕耘的笔迹，有成功的妙笔生花，也有失败的笔误之处，但这并不影响他们创作的加盟，反而推动了《白蛇传》传说的发展。以乾隆年间这三部《雷峰塔传奇》为标志，戏曲找到了白蛇传说这样一个出色的故事题材；《白蛇传》则找到了戏曲这样一种称心如意的艺术表演载体，从此之后，它们就再也分不开了。全国各地的地方戏曲又争相搬演《白蛇传》这个传统剧目，一发而不可收拾，出现万紫千红的可喜局面。

白蛇的传说自从以戏曲形式搬上舞台之后，产生的社会反响，远比歌谣、说话以及陶真等讲唱文学来得强烈。原因在于戏曲这种艺术形式，最接近生活的真实。《白蛇传》戏曲借助演员对角色与剧情的体验，塑造鲜明的人物形象，表现激烈的矛盾冲突，以最具体形象的方式，把故事与是非曲直诉之于观众的感官，并让观众做出自己的判断。戏曲艺术手段之丰富细腻、博大精深，使得它在演绎《白蛇传》传说时总是得心应手、光彩照人，以至于当我们要寻找《白蛇传》传说的代表性文本时，就常常会把目光注视到戏曲领域。

舞蹈的虚拟性、空间的随意性，在《白蛇传》戏曲中都有充分的演示。如《水漫》中的舞蹈动作，《盗仙草》的场景转换等。又如：通过特技表现白娘子、小青、法海及神灵鬼怪等形象，在京剧、昆剧、越剧、川剧等剧种中的《游湖》、《盗仙草》、《水斗》等都有出神入化的精彩表演，并形成了剧种的特色保留剧目。

京剧《白蛇传》

《白蛇传》作为中国戏曲名剧，全国几乎所有的剧种，甚

戏曲《白蛇传》

至包括木偶戏、皮影戏都有《白蛇传》的演出。以文武开打、唱做并重的京剧《白蛇传》别具特色。

最早的《白蛇传》，第一折戏叫《双蛇斗》，是用京剧、昆曲同台合演的“风搅雪”演法。青雄白雌。青蛇要与白蛇成婚，白蛇不允，双蛇斗法，最后白蛇战胜青蛇，青蛇甘愿化为侍女，姐妹相称，而后下山。该剧是清末名演员余玉琴（饰白蛇）、李顺德（饰青蛇）的拿手好戏。戏中有对双剑、走旋子、大开打等技艺，还置有砌末，并配火彩，此剧今已失传。

现在常演的京剧《白蛇传》是田汉根据昆曲、京剧老本改编。1947 年改编时原名《金钵记》，新中国成立后又进行修改，正式定名为《白蛇传》。从白蛇、青蛇下山游湖起，到青蛇毁塔、白许团圆止，中间包括结亲、酒变、盗草、上山、水

皮影戏《白蛇传》

斗、断桥、合钵等情节。改编时前面舍去了白蛇收青蛇的《双蛇斗》，中间舍去了青蛇《盗库银》，后面舍去许仕林祭塔的《雷峰塔》。《盗库银》为武旦出手戏，有大刀、双鞭出手等，高难惊险，舞蹈优美，开打火暴，为名武旦宋德珠、阎世善、李金鸿、班世超、冀韵兰等名角的看家戏。解放后，关肃霜把双鞭改成双剑。

《祭塔》为青衣唱功戏，也是初学青衣的开蒙戏，有长达三十八句难度很大的反二黄唱腔。从胡喜禄、陈德霖唱红后，梅兰芳、尚小云又都分别作了加工，遂成为梅派、尚派早年的优秀代表作。

京剧四大名旦都曾演出该剧，除荀慧生以《白娘子》命名演全剧外，其他三位都不演全剧。梅兰芳以昆曲演《金山寺》

和《断桥》两折。他先在北京向乔蕙兰、陈德霖等戏曲界老先生学习；迁居上海后，又向昆曲前辈丁兰荪学身段，与俞振飞等研究唱腔。梅兰芳在唱腔、身段、化妆等各方面注入许多新的元素，使之成为梅派艺术的精品。尚小云以《雷峰塔》为重点，大段“反二黄”唱腔，优美动听、情感动人；程砚秋也只演《金山寺》和《断桥》。

梅兰芳本的《白蛇传》

张君秋将《金山寺》、《断桥》、《雷峰塔》连演，亦成为张派常演剧目之一。张派传人赵秀君曾改编演出。

全本《白蛇传》，有不少著名的旦角都曾演过。1936 年，北平《立言报》主持选举四小名旦，李世芳、毛世来、张君秋、宋德珠当选后曾在长安戏院合演一场《四白蛇传》（毛的

京剧《白蛇传》

"游湖"、"结亲"、"酒变"，宋的"盗银"、"盗草"、"水斗"，李的"断桥"，张的"祭塔"）。

新中国成立后改编的《白蛇传》，由中国戏校刘秀荣、谢锐青首演，后又有杜近芳、赵燕侠的演出本。杜演的《白蛇传》缱绻深情、浓郁感人。《断桥》中"小青妹且慢举龙泉宝剑"的唱段，最为脍炙人口。许仙由李少春、叶盛兰轮演，李少春还创造了大嗓许仙的唱法，别具韵味。赵演的《白蛇传》柔婉多情、细腻传神，在感情奔放的《合钵》一场，田汉专门为赵燕侠写了一段［徽调三眼］的唱词，由名琴师李慕良按赵的风格制谱；唱词平易近人，充满生活气息，与赵的抒情唱法相得益彰。1961 年夏，上海青年京昆剧团李炳淑、华文漪、杨春霞等，以京昆同台的形式上演了全本《白蛇传》。1980 年，上海电影制片厂拍摄了李炳淑主演的同名电影，影片运用了大量特技和实景镜头，上映后轰动异常。

目前活跃在舞台上的李胜素、魏海敏、刁丽、陈淑芳等都曾演出此剧全本，《断桥》一折更是众多演员经常出演的曲目。张火丁也曾按程派路数移植田汉本《白蛇传》。

川剧《白蛇传》

川剧《白蛇传》，最早刊行于清代嘉庆年间。与其他剧种相较更注重武打和做工，其中《游湖借伞》、《水漫金山》、《断桥》等折戏常单独演出。川剧根据方成培本，说青蛇原是雄性。

天宇浩渺，佛殿庄严。美丽的白蛇仙姑因爱恋桂枝罗汉，被如来佛幽禁于西天白莲池。她愤而挣断锁链，奔向人间。桂枝罗汉为其求情，亦被如来佛贬入尘寰。途中，恰逢义勇兼备的青蛇，爱慕白蛇貌美而拦道求婚，白蛇施展武艺，将其降服，青蛇幻化作婢女紧随其前后。在青蛇的鼎力相助下，白蛇与凡尘的许仙（即桂枝罗汉）结为伉俪，相矢永好。

邪恶的禅师法海，奉如来佛旨意，尾随下凡，屡施暗害，蒙骗许仙，以至拆散美满姻缘将许仙挟持金山寺。白蛇为维护纯真的爱情，召来众水族，与法海斗法，并与天兵天将展开生死搏斗，最后夫妻团聚。

过去川剧演《白蛇传》时，有的名演员用蛇盘身的双人特技舞蹈，表现蛇精在战斗中“缠人”的特点，堪称绝技。剧中青儿根据情节分别由男、女角扮演，在文戏时是妩媚的丫鬟，武戏时则变为勇武的男将，这是川剧所特有的。同时净扮的小青，接连三次变脸，用以显示他作为蛇精的善于变化和凶猛剽悍的形象，具有特殊的艺术魅力。天帝派来捉拿小青的护法神韦驮，面对观众一个正踢脚，把事先放在右靴尖的假眼画片，正好甩贴到印堂上，刹那间他由两只眼变成了三只眼，俗称“踢慧眼”。戏中穿插这类绝活，使得场面更宏大、壮丽，全不似一般曲折委婉的爱情戏，给人以激烈壮美的感觉。

近六十年来以乱弹为主的川剧，仅《游湖借伞》一出就给人以先声夺人的感觉。它描写白、青二蛇驾云经过杭州西湖，发现茅家埠山上有个可爱的年轻人许仙在祭奠先人，白蛇产生爱慕而无法接近，小青就出来帮忙了。她用手一指，招来一场大雨，逼得许仙躲在柳荫下呆若木鸡。小青又化出一条船来，促成许仙雇船回去，因此她们也借故上了船，但是仍然无法接近，小青就着急了。她根本不懂得怎么充当人间的红娘。而白蛇的耐心细致，终于打动了许仙，靠一把雨伞生出了一段姻缘。这是用很简练又很大胆的手法，表达了民间妇女对爱情的追求。其中充满了剧中人对生活的激情。

《白蛇传》中的“水斗”一场是全剧的高潮。浪涛中涌起的洪峰，在峰前峰后都有不同的烘托，以形成高峰之势，这种烘托，在戏剧中叫做跌宕。川剧《白蛇传》中的“水斗”一

川剧《白蛇传》

场，就出现好几处精彩的跌宕。起先，白娘子为夺回许仙，倒灌长江，水漫金山，简直闹得天摇地动，不料，法海靠一件袈裟，免遭灭顶之灾。胜利在望时，谁知节外生枝，白娘子突然动胎气，疼痛难忍，不由败下阵来。这又是一个跌宕，正好发生在高潮出现之前。接着，小青在危急中现出了青蛇的男形，打退了神将，并冒险救援，双手托举，将白娘子高高举起，从围阵中救出来。这又是一个跌宕。川剧中为了增强神话色彩，让天兵天将摆下"雄黄大阵"。相传雄黄能驱百虫，蛇惧雄黄，因此，白娘子有些畏怯，这里既强调戏剧的夸张手法，又讲究生活的真实感。但她们究竟是得道的蛇仙，咬咬牙又冲破了雄黄阵。这是在生活基础上进一步的夸张，既有自然界相生相克的生态描写，也有精神力量战胜一切的作用。

越剧《白蛇传》

与川剧的壮烈瑰丽不同，越剧《白蛇传》就相对含蓄婉转。如“游湖”一场船夫所唱的山歌：

月老祠堂在眼前，
千里姻缘一线牵。
十世修来同船渡，
百世修来共枕眠。

当许、白二人同在船上共伞避雨的时候，非常和谐的一见倾心的气氛中，船夫以第三者唱小曲的方式，暗示他们的宿世姻缘，是含蓄的、形象的。每一句都有汉民族传统故事的内容，是在民族传统观念中形成的独特的语言，又是“眼前景，意中人”的现世象的随手拾取。它在湖上是一种“写意”，在全部剧情中也是诗意的点染。

婺剧《断桥》

婺（wù，音务）剧《断桥》被誉为“天下第一桥”，其中的文戏武唱极具特色。《断桥》是《白蛇传》中性格冲突最尖锐，人物内心世界剖析最深刻、最细微的地方。婺剧《断桥》的艺术成就，在于通过十分夸张、强烈的艺术手法和生活情趣非常浓郁的舞台表演，在人们心目中树立起鲜明典型形象。白娘子性格最主要的部分：善良、真挚、多情、坦率，即使在对许仙的怨嗔气恼中，也不失上述的诸种特点；而且白娘子在不同气氛下产生的情绪，有激愤，也有恼怒，有奔放，也有克制，有美妇人的纤秀，也有蛇神的狂放。这些，都通过婺剧艺术别开生面的表演特色，有层次、有对比、有变化地表现得酣畅淋漓。在断桥上与许仙重逢，作为一个屡遭磨难而中途又遭丈夫抛弃的少妇，此刻的心情是很沉重的。她对许仙有怨、有气、有恨也有爱，且更多的还是爱。因此听完许仙的一番辩解之后，怒气和恼恨都逐渐消失了，只留下一道薄嗔的眼神。而小青则不然，她并没有感情上的羁绊，因此一见许仙就要拔出宝剑，为白娘子抱不平。可她与白娘子又是同生死共命运的姐妹，她要报仇，唯一的阻力也是白娘子。人物之间的矛盾与冲突在这里达到高潮，把前面那许多的悲欢离合、喜怒哀乐都集中在西湖断桥这一特定的环境里，从而产生了强烈的戏剧效果。

方成培有这样的唱词来写这一出：

白娘子:(念)还恐添成异日愁，

小　青:(念)朝成恩爱暮成仇，

许　宣:(念)当年顾我长青眼，

纵杀微躯未定酬。

可以说这三句话，将断桥这一段中人物不同心理作了最精辟的概括。

豫剧、评剧、越剧、秦腔、粤剧、河北梆子等剧种都有该剧的传统版本。

影视剧中的《白蛇传》

作为传统的戏曲样式的延伸，《白蛇传》的故事也融入了新的表演形式——影视作品中。影像具有更直接和多样的表现力，也是现代受众最广的一种艺术样式。最早拍摄的《白蛇传》故事是在1962年由邵氏出品的林黛版《白蛇传》。这时的白蛇故事尚未完全展现出电影的这一手段的特殊表现力，可以说依然是戏曲样式的电影版。

而影响最大、最被人称颂的是1993年赵雅芝版的电视剧《新白娘子传奇》。根据《白蛇传》拍成的台湾电视剧《新白娘子传奇》曾经风靡一时，剧中的经典歌曲为人们所传唱，至今依然魅力不减。其剧本内容可以说是最忠实于原著的一部改编作品，并且人物之间也有大段对唱场景，从服装到动作，吸取了许多戏曲的因素。

《新》剧的编导立足现实，大胆创新，将古老的神话传说《白蛇传》作了“脱胎换骨”的改造，推陈出新，而其“皆大欢喜”的结局也符合现代人的审美情趣和审美期待。当然，在原有故事基础上也有不少增添。如故事缘起为许仙幼年时在山中救了一条小白蛇，白蛇修炼千年幻化人形，经观音指点，到人间来找许仙报恩，增强了故事的传奇色彩；而故事的后半段则又添加了一些新的人物。如许仕林与胡媚娘之间的情感纠葛可以说是对前半段人妖相恋故事的又一照应，使得白娘子与许仙之间略感不足的感情戏得到了补充，更符合现代人对情感的审美需求。加入了小青偷梁王府宝物的情节，符合小青嫉恶如仇、敢于报复恶人和犯上作乱的叛逆性格，非但没有贬低、削弱小青的形象，还进一步增强了艺术感染力，使人信服。可以说白娘子的温柔贤淑、小青的伶俐耿直、许仙的软弱多疑都在这部剧集中得到了鲜明的展现，也最符合人们传统的审美观念。

情节梗概：

白素贞原是在山野中修炼的一条小白蛇，一日小白蛇被捕蛇老人所捕获，险遭杀身之祸，幸亏被一位小牧童所救，素贞暗自起誓，此救命之恩永志铭心。素贞经过一千七百年的修炼，终于蜕尽蛇身，得以化作人形，本欲往峨眉山继续修炼，但经观音大士指点，方忆起人间还有一段情缘未了。素贞依照观音大士的指引，来到杭州西湖寻找前世的救命恩人——许仙。

途中遇见青蛇，两人结为主仆，青白二蛇在西湖的断桥上找到了许仙。两人一见钟情，白素贞以身相许，与许仙结为夫妻。而小青与白素贞虽名为主仆，却和素贞情同姐妹。婚后许仙、素贞夫妻恩爱，白素贞为助许仙开设药铺，支使小青盗取钱塘库银。东窗事发，小青施法迫使知县轻判，将许仙发配姑苏。素贞一路找来，终和许仙相见，素贞说谎骗过了许仙盗库银之事，夫妻二人便在姑苏开设药铺保安堂。端午佳节，白

传说白水是白蛇修炼的地方，黑水是小青修炼的地方

素贞饮下雄黄酒，却现出原形吓死许仙。素贞救夫心切而赶至瑶池求取仙丹，仙丹求取不成，只得硬抢，王母震怒，欲处死白素贞。幸得观音大士出手相救，救了夫妻二人。其后，许仙因为医术高明而得罪同行三皇祖师会的成员，成员想法设计陷害许仙，但都为素贞一一化解。素贞为了不让许仙出丑，令小青偷盗梁王府四件宝物供展览。梁王虽有察觉，素贞却以宝物为蛮邦贡品要挟梁王。王爷自知理亏，遂令知县轻判许仙，发配镇江。而素贞亦怀了许仙的骨肉。可惜好景不长，昔日和素贞结下梁子的蛤蟆精，如今已成为得道高僧法海。法海为一己之私，欲除去白素贞，将许仙强留于金山寺，目的是逼白素贞触犯天条。白素贞为救夫婿，联合小青前往金山寺要人。法海

咄咄逼人，素贞忍无可忍，发动水族，水漫金山，誓和法海一较高下，不料却使无辜镇江百姓受到牵连，因而犯了天条。事后许仙知晓素贞的身份，但两人的感情却反而比从前更加恩爱。许仙、素贞和小青三人搬回许仙姐姐许娇容家住，一家祥和欢乐。许仙和素贞开设保和堂，救济世人，并且除去了地方祸害——蜈蚣精。但就在素贞生下孩子仕林之后，法海以昔日

白蛇传古画

素贞因帮夫心切，和小青数次偷盗库银及珍宝，害得许仙官司

缠身，牢狱不断；为害人群，戏弄官府，加上水漫金山，生灵涂炭为由，视为天理所不容，而将素贞镇于雷峰塔下，告其曰："二十年之后，待文曲星中状元之日，就是你出塔之时。"许仙伤心欲绝，将仕林交予姐姐抚养，独自前往金山寺出家，以弥补罪过，为素贞早日出塔赎罪。二十年后，仕林已长大成人，娇容和李公甫告知仕林自己的身世后，仕林便发愤图强，立誓救回生母白素贞。而昔日被白素贞除去的蜈蚣精之父——金钹法王，为报杀子之仇，利用善良的玉兔精胡媚娘和采茵，欲加害仕林。不料，媚娘和仕林日久生情，媚娘始终下不了手，最后媚娘为救仕林，自己却落得魂飞魄散。素贞虽在塔中，却感应仕林有难，素贞为救仕林而冲出宝塔，虽救了仕林，但遭"除非西湖水干，雷峰塔倒，否则永世也不得出塔"的惩罚。仕林不孚众望，夺得状元，祭拜于雷峰塔前，孝感动天，素贞得以出塔，重见天日。仕林与表妹碧莲结为夫妻。而素贞、小青、法海及许仙四人也因因果已解，功德圆满，得归天界……

而同年，由徐克导演，王祖贤、张曼玉主演，根据李碧华同名小说改编的电影《青蛇》，则因其突破传统的描述手法，完全打破了人们对传统白蛇故事的想象。可以说《青蛇》本身就是对白蛇传故事的一种新的诠释和解构。故事不是以白蛇为主角，而是从青蛇的视角出发，来看人与蛇之间的恩怨是非。应该说这个版本的青白二蛇保留了兽类的本性，她们强装为人，却没有人的复杂，青白二蛇仅仅是对于人世及情爱的好奇、窥视。

2006年，中央电视台又重新演绎白蛇传说，拍摄了新版电视剧《白蛇传》。新版的《白蛇传》则可以说是对前面两部经典影视作品的一次大胆挑战。这部电视剧被定位在青春路线，讲的是20岁的人的爱情故事。其中增添了不少复杂的感情戏，因而诸如第三者、婚外恋等新名词被加入到作品中去。可以说，这也是现代人对《白蛇传》的一种新的解读。

与之前大家熟悉的“白娘子”的传说相比，这部《白蛇传》加入了不少新情节的设置。比如白蛇需要在人间寻找八滴真正的眼泪才能够成仙；结尾白娘子没被压在雷峰塔下，而是化成一缕青烟，许仙则独自一人守候在寺庙门中；此外，还加入了连翘、八两、半步多等新人物。除了白素贞、许仙等主人公，《白蛇传》中还新添了不少卡通风格的角色。比如，神仙在剧中无处不在，而且皆以市井小民的形象出现，月老常年在城门口卖面条，普渡大仙在白府当管家。另外，为了故事的活泼有趣，编剧创造了若干神奇的小人物：江湖杀手八两，八两银子一笔生意；法海的小徒弟十天，十天长大成人，有天眼可辨妖；捕蛇女连翘，爱上许仙，情比金坚。

情节梗概：

白素贞是修炼千年的蛇妖，一心修炼只为做快活神仙。千年的修行，使她比人间的女子更美，只是没有眼泪。观音菩萨指点，只要集齐人间八滴晶莹的眼泪，她就可以成为真正的神仙。

前往宝芝堂学徒的书生许仙，遇到大胡子刀客八两。两人误入“半步多”，与急于成仙的白素贞、小青姐妹和捉妖和尚法海不期而遇。

在“半步多”，人妖仙混杂，处处是陷阱。白蛇和许仙在相互的舍命相助中，产生了感情。只是身为蛇妖的白素贞，还不能理解它。而法海分不清谁人谁妖，执意妄为，遭受天雷之谴，盲了双眼。

白素贞历经艰辛送许仙回人间，法海变作白素贞的模样，骗许仙回头，使他被无情槌击中忘了“半步多”的一切，忘了心中所爱白素贞。

白素贞来到人间，开始悉心收集人间的眼泪。

许仙在西湖断桥遇到一场急雨，与白素贞再度重逢，留下借伞还伞的情缘，两人产生感情。

白素贞陆续收齐七滴眼泪。每滴眼泪背后都有一个人间至情至爱的故事。他们风吹不散，水流不融，分别应在“生老病死恨离别”之上。

法海利用自己天生生有天眼的小徒弟十天，设计逼迫白素贞现形，吓死了许仙。法海又将许仙囚于金山寺中……

白素贞盗来救命仙草，不见许仙。她跪上金山寺，哀求不成，水漫金山。法海将许仙掠到心境台，让他在心镜中看到白素贞的蛇身。许仙坦然处之，要定了素贞。法海被心魔所困，忘情绝义，想成佛，却成了魔。

白素贞产子，成魔的法海故伎重演。白素贞不认为爱许仙是一种过错，自愿走进雷峰塔。诀别前，流下她第一滴也是最后一滴眼泪。她爱许仙一生，这滴眼泪应在“爱”上。白素贞被镇于雷峰塔下，除非雷峰塔倒，否则永世不得出塔！

许仙上山进寺，自愿剃度，只为法海一句“雷峰塔百步之内，非出家人不得擅入”。

法海踉跄地站起身，退了三步，一回头，须发皆白。许仙每日扫塔，和娘子一个塔里一个塔外。白素贞用法术撑起一把油伞为许仙遮阳。

700 年后，雷峰塔轰然倒塌……

小说　李碧华《青蛇》

香港女作家李碧华曾根据白蛇传创作小说《青蛇》，后经香港导演徐克拍摄为电影。李碧华的小说《青蛇》赋予了古老传说以新的生命力。李碧华将古往今来历史上有争议的女性故事改编重现，渗入被人们称为“女性主义”的立场，开创了一种独特的“新女性主义视角”。《青蛇》完全以现代的观念讲述了传奇的故事，青蛇、白蛇与许仙，出现了另一种二女一男的局面。李碧华重新诠释的“青蛇”，不再是古代仕女式的传统性格，而是具有了敢爱敢恨、有情有义的现代女性品质，丝毫不逊于白蛇。她以青蛇为主人公，以青蛇的视角来展望那一

段亘古的传奇。原来传说并非我们所想象，痴心的蛇与寡情的

白蛇传工艺品

人做了鲜明的对比。蛇修炼几千年也不过是为了变成有血有肉有情感的人，而人从一开始就是在利用蛇。

李碧华用她独有的女性主义手法告诉了我们现世的爱恨情愁。她借书中角色之口传达了她对现代社会两性关系的深刻解悟，对于失衡的爱情结构中男女两性的内心世界作了淋漓尽致的揭示，批判男性自私、畏缩、恬然享受、不愿付出的恋爱心理；同时对女性渴望、追求爱情的实现，并为此不惜自我牺牲的心理作了呈示。女性处于失衡的爱情天平这端，在她们对男性的看似没有原因的包容谅解中，以凤凰涅槃式的牺牲来获得女性对自己欲望的追寻。

青蛇的另一意义在于其所负载的对现代社会女性人生困境的思考，通过对白蛇这一形象的刻画，揭示出现代社会独立自主的新女性在缔造“女权神话”的同时自身的矛盾与挣扎，指出女性自身的母性和妻性是使这一神话破灭、女权主义无出路的内在因素。对爱情的渴望、对家庭生活的向往，使她自觉地向传统女性的角色回归。正如现代社会女强人型的女子普遍感受到了“高处不胜寒”，她们渴望在平淡、真实、温馨的家庭生活中体验温情和温暖。多数现代女性在获得独立自主的经济和社会地位以后，渴望回归家庭生活，求得女性心理的圆满。女性走进社会，选择独立的生活方式，是否就意味着对婚姻家庭的放弃？很多现代女性仍然要面对家庭和事业的两难抉择。女性社会地位的提高仍是相对的。

白娘子与小青

故事梗概：

她本来以为她可以做一个女人了，不用再躲在潮湿阴暗的树林山洞里了。

只是她发现她什么都不懂，同样是蛇妖的白素贞怎么就可以爱上男人？爱是什么？怎么她可以流眼泪我却没有？她能做到的我一定可以做到。——于是她开始引诱本来是第一眼看上她，到后来却成了姐姐的男人的许仙。她甚至连降妖除魔的法海都要引诱，一切都因为她还是妖精，即使是化作了曼妙的女人身体。世途险恶，小青终于流出了人的眼泪，只是已经物是人非。

《青蛇》再度亮相

经过重新修改后的锡剧音乐剧《青蛇》，突破了传统锡剧的模式，融戏曲、歌舞、杂技、魔术、武功于一台，令人耳目一新。

2002年7月，以香港作家李碧华的同名小说《青蛇》和香港导演徐克的同名电影为蓝本改编的大型锡剧音乐剧《青蛇》首度公演，以一反锡剧传统的模式引起戏曲界的关注。全剧以好看、好听、好玩、好奇来吸引观众，注入了幽默搞笑的轻松气氛，情节紧凑不拖沓，以青蛇的目光去看社会、看爱情、看人性，首度让小青爱上了许仙。《青蛇》不仅在情节上突破了传统模式，而且在音乐唱腔上追求唯美的效果。由于是音乐剧，整台表演展现出撼人心魄的声乐冲击，有原汁原味的锡剧唱段，也有吴侬软语的锡歌，唱腔非常丰富。舞台一改以往锡剧表演较沉闷的感觉，布景形简意丰，巧妙地渲染出剧中人情感上的色彩、力度和节奏；服饰造型独具匠心，符合现代观众的审美情趣。

在新的历史时代下，《白蛇传》也正发生着新的变迁，报刊、电视、电影、电脑等新的传播方式急剧改变着人们传统的传承方式，《白蛇传》的传说也正经历着蜕变和新的改编。形象性地表现《白蛇传》传说，这也是人们最乐于接受的传承方式，因而如何更好地发挥其传播效应，如何使得《白蛇传》的传说推陈出新，不仅为中国人民所喜爱，而且能走向世界，成为中国向世界展示传统文化的一个窗口。这也是值得我们每一个热爱《白蛇传》传说的人所应该思考的。

第五章

白蛇传说与人文景观

《白蛇传》的故事集中表现了我国最美的自然风景，其主要发生地杭州、镇江两地是自古以来吴越的中心地带，杭州更是享有“人间天堂”的美誉。故事将西子湖、断桥、雷峰塔、金山寺、白龙洞、法海洞等自然风景巧妙地穿插在故事中，使人们既为祖国江山的美景自豪，也为这个富有人情味的动人故事所折服。那么就让我们来游历一番《白蛇传》故事发生地的美丽景色，倾听一下当地的动人传说吧。

合心锁

雷峰塔与白蛇传说

白娘子与许仙的爱情故事，为雷峰塔平添了许多神秘和伤感。

雷峰塔何以同金山寺在白娘子的传说中一道出现？人们忘不了那个以“卫道士”自居的金山寺法海和尚。但为什么把远在长江边的金山寺拉到西湖之畔的雷峰塔旁呢？

根据冯梦龙《警世通言》中的记载，许仙与白娘子是到镇江的码头边开了一家中药堂后认识金山寺的法海禅师的。由此，便将法海禅师扯进了这个传说里。不过，冯梦龙笔下的法海似乎还是个“正面人物”，大有替天行道之意。可能是时代进步的缘故，今人印象中的法海则完全是个坏事干绝的戏曲人物了。

将金山寺与雷峰塔挂上钩，不属偶然。金山寺在镇江西北部的金山上，始建于东晋时期，寺内殿宇楼台依山而建，为我国佛教禅宗名寺。法海据说也确有其人。借名人名地增加传说的“真实性”，这是司空见惯的。但还有一点可能许多人没有留意，历史上镇江与杭州的联系是相当频繁的。作者曾经与新华社江苏分社同仁包、华两君游历金山寺，当时录下一副对联：“适从云水窟来，山色可人，两袖犹沾巫峡雨；更向海天深处，邮程催我，扁舟又趁浙江潮。”此联的大意是说，刚从云雾迷漫的峡谷中飞渡而来，袖管上沾的巫峡雨水还没有干透，又要向海天深处的浙江杭州赶去了，行色匆匆，小舟还得趁早去赶浙江潮。对联中的“海天深处”指的就是浙江杭州。身处镇江的古人为什么独将杭州写上去呢？据了解，宋明时，长江沿岸走水路的人凡是去杭州的，莫不以镇江为中转点、歇脚站。而当时以丝茶闻名的杭州已经盛极一时，各路商人争着要来。行商们本来就是民间说书艺人“兜售”的对象，把客人熟悉的事物拉进说书的内容里，想来也就顺理成章了。

建塔者钱俶

建塔者钱俶乃吴越国开国国君钱缪之孙。钱缪割据两浙时，在境内保国安民，于外则奉中原王朝为正朔所在，对中原各朝殷勤有加。在钱缪统治下，吴越国境内经济繁荣，百姓富庶。钱缪临终时叮嘱了孙要“善事中国，勿以易姓废事之大礼”。

钱俶（chù，音处）于947年继吴越国王位。974年赵匡胤讨伐南唐，矛头直指江南，南唐后主李煜向钱俶求援，说“今日无我，明日难道还有您吗？一旦有变，您也是开封的布衣百姓了。”钱俶不听，出兵助宋灭南唐。次年11月，李煜降宋，南唐亡。果然唇亡齿寒，吴越国朝不保夕。

太平兴国三年（978年）一月，钱俶祭祀钱陵庙，痛哭辞别说：“孙儿不孝，不能守祭祀，又不能死社稷”，言毕“拜讫恸绝，几不能起”。不久，钱俶即赴开封纳土献地，从此羁留北土，终生未得南归，去世后葬于洛阳北邙山。

雷峰塔的倒塌

而在雷峰塔倒之前，每逢端午，人们都要扶老携幼，到雷峰塔一游，观赏雷峰塔景，听寺僧讲述白娘娘的故事，甚至为压在塔下的白娘娘抱不平，临走还挖块塔砖带回去。有的说塔砖内具有白娘娘的灵气，此砖能避邪镇恶。有的说多挖几块砖，让塔快些倒掉，好让白娘娘早日出头。鲁迅先生曾说起他幼时“唯一的愿望，就在这雷峰塔的倒掉”。由于年深日久，塔砖挖掘一空，这座千年古塔，终于在1924年农历八月二十四，公历1924年9月25日下午，一声巨响，墙毁塔倒。

杭州雷峰塔遗迹

断 桥

断桥位于白堤东端。在西湖古今诸多大小桥梁中，她的名气最大。断桥享誉天下，很大程度上得益于《白蛇传》几段重要故事情节就发生在这里。白娘子与许仙相识在此，同舟归城，借伞定情；后又在此邂逅，言归于好。越剧《白蛇传》中白娘子唱道："西湖山水还依旧……看到断桥桥未断，我寸肠断，一片深情付东流！"催人泪下。

据说，早在唐朝，断桥就已建成，时人张祜《题杭州孤山寺》诗中就有"断桥"一词。明人汪珂玉《西子湖拾翠余谈》有一段评说西湖胜景的妙语："西湖之胜，晴湖不如雨湖，雨湖不如月湖，月湖不如雪湖……能真正领山水之绝者，尘世有几人哉！"地处江南的杭州，每年雪期短促，大雪天更是罕见。一旦银装素裹，便会营造出与常时、常景迥然不同的雪湖盛况。

断桥残雪有几种解释，较通行的说法是：每当雪后初晴，来至断桥上往西、往北眺望，孤山、葛岭一带楼台上下，如铺琼砌玉，晶莹朗澈，有一种冷艳之美。又有人认为，大雪初霁，登宝石山往南俯瞰，白堤皑皑如链。日出映照，断桥向日桥雪融化的部分露出褐色的桥面一痕，仿佛长长的白链到此中断了，故以"残雪"名之。

断桥残雪

明末的张岱却别立一说，他在《西湖梦寻》中写道：白堤上沿堤植桃柳，“树皆合抱，行其下者，枝叶扶苏，漏下月光，碎如残雪”。意在言“断桥残雪”，或言月影也。

昔日断桥

今日断桥，是1921年重建的拱形独孔环洞石桥，长8.8

米，宽8.6米，单孔净跨6.1米，古朴淡雅的风貌基本未变。桥东有康熙御题景碑亭，亭侧建水榭，题额“云水光中”，青瓦朱栏，飞檐翘角，与桥亭构成西湖东北隅一幅古典风格的画图。

今日断桥

明画家李流芳《西湖卧游图题跋·断桥春望》称：“往时至湖上，从断桥一望，魂销欲死。还谓所知，湖之潋滟熹微，大约如晨光之着树、明月之入庐。盖山水映发，他处即有澄波巨浸，不及也。”由此观之，断桥观瞻，可得湖山之神髓，岂独残雪！

金山寺

江苏镇江古称京口，为长江下游咽喉，镇江以下江面陡然开阔，且京口三山——金山、焦山、北固山，风光如画，自然是僧家必占之地。

“楼台两岸竟相连，江南江北镜里天。芦管玉箫齐送夜，一声飞断月如烟。”镇江市西北的金山，就坐落在如此幽美恬适的氛围之中。金山高仅 44 米，人们陡然来到山前，却觉得高耸孤兀，骤生崇高庄严之感，这都是因为金山峰顶慈寿塔的缘故。寺塔与金山合为一体，造成错觉，将塔的高度也计在山的高度内了。山上寺院殿宇鳞次栉比，楼塔争辉，远看山是一座寺，近看寺即一座山，形成了“金山寺里山”的特点，充分体现了古代杰出的建筑艺术。江天禅寺即金山寺，始建于 4 世纪前半叶东晋

金山寺

明帝时期，初名泽心寺，历史上七度毁建，声誉日隆，代有高僧。

金山寺打破寺院坐北朝南、分三路的布局，依山就势，大门西开，正对江流，各色建筑散布其上，风格奇特。金山除寺院外，尚有中冷泉、志公塔、妙高台、宋代梁红玉擂鼓抗金兵所用的战鼓等胜迹。

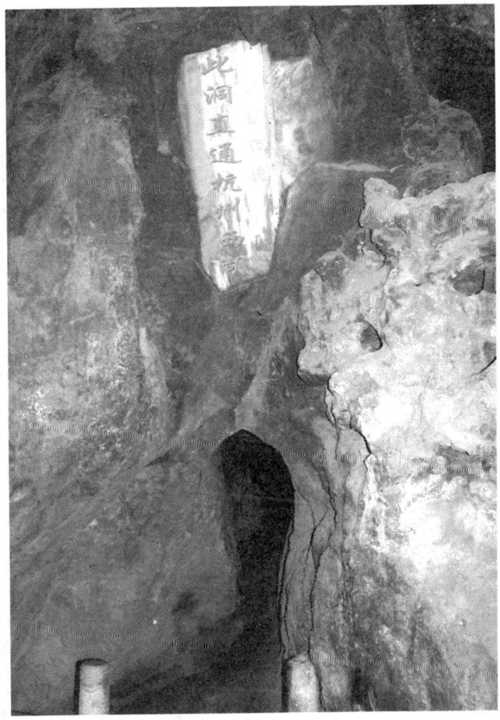
传说金山寺内通向杭州西湖的洞

中冷泉在金山西南，泉水出自江中，清洌甘甜，被唐代茶圣陆羽评为天下第一泉，旁有宋朝王安石、文天祥等手笔题诗。

慈寿塔位于山顶，高约 36 米，砖木结构，七级八面，为金山标志。现塔为 17 世纪末重建。登塔顶而望，东见江天云水，西是万里长江，南边镇江山林，北为小镇瓜州，令人心旷神怡。塔旁观音阁中，陈列着金山四件镇山之宝——公元前 9 世纪周宣王时铸造的周鼎、3 世纪三国时诸葛亮平定南方孟获时缴获的铜鼓、明文征明手绘金山图、苏东坡的玉带。东南山腰楞伽台，为三重楼阁，傍山驳石，建筑奇巧，每登一级，疑

镇江金山寺

无去路，却曲径通幽，苏东坡应佛印之托在此处写《楞伽经》。山脚大殿内装有两面巨大的圆形凸面镜，可摄金山全景。全山各处皆有崖洞，传说无数，最著名的当数白龙洞、法海洞。

水漫金山寺

一般人之所以知道金山寺是因为民间传说《白蛇传》。说是有一条白蛇修炼成人，即美丽善良的白娘子，嫁给青年许仙，日子过得很甜美。金山寺法海和尚知道了此事，就游说许仙出家，并把许仙诓（kuāng，音筐，哄骗）来藏进寺中。白娘子来寻夫，与法海打斗起来。白娘子施法术，霎时大水滚滚，虾兵蟹将成群，一齐漫上金山去。法海慌忙以袈裟化为长堤拦水，水涨堤也长。白娘子不能获胜，只得与侍女青蛇收法回去修炼，等待报仇机会。后许仙逃出寺来，法海又使法术将白娘子镇在西湖雷峰塔下。再后来，青蛇击倒雷峰塔，与白娘子一道打得法海躲进螃蟹腹中。白娘子与许仙又恩爱地生活在一起。

自由和幸福，是人们热烈的自然追求，愿天下有情人终成眷属。神奇的传说总是牵动人们的思绪，人们多同情许仙白娘子，怪法海多事。不过考察起来，金山与蛇的确有些渊源：金山寺开山祖师唐灵坦和尚初到此时一片荒芜，只得在山后的石洞坐禅。传说那洞里有一条白龙常吐毒气，人触之即死，但灵坦一到就借佛力将其收服。这洞就是现在的白龙洞，内有一条石缝深不可测。第二代祖师唐释法海（裴头陀）到金山修行时也是寺破屋塌，刚到半山悬崖的石洞参禅，忽然脑后刮来腥风臭雨，只见一条一桶粗的大蟒盘在那里盯着法海。法海仍打坐不动，后来大蟒游入长江。消息传开，来金山的人也多起来了，而那洞后来就叫做法海洞。相传，法海有一天在江边挖土，竟然挖到了一批黄金，就将黄金献于皇帝。敕命将黄金返回作修复寺宇之用，并赐名金山寺，由法海任主持。

金山法海洞

第六章

白蛇传说的历史价值和现实意义

《白蛇传》传说是近千年来劳动人民精心创造的结晶，它集中反映了我们民族的精神风貌和传统文化，具有浓厚的民族特色。因而《白蛇传》的传承是民族精神文化的传承，是我们精神血脉的延续。在对《白蛇传》传说内容、发生、形式都有了具体了解的基础上，我们要挖掘其更深厚的文化内涵。为什么白蛇传说能打动人心？白蛇传说中的情节究竟有什么寓意？白蛇传说发生在八百年前的南宋，在当下还有什么现实意义吗？

本章节中，将一一为你讲述《白蛇传》传说背后的文化背景、历史价值和现实意义。

《白蛇传》传说和民俗

民俗，特别是其中的习俗是构成民族文化特征的重要因素。《白蛇传》传说中的多项民俗文化事项的描写，使得故事

传说中白蛇修炼的白龙洞

更具有中国特色。清明时节的上冢游湖，五月端午观龙舟、喝雄黄酒等民俗活动，都在作品中巧妙地再现，成了故事的支柱，既推动了情节的发展，又有助于人物性格的描写，在设置矛盾冲突等方面起到了积极作用，使得故事内涵加深，厚重感加强。汤圆、螃蟹、雄黄酒等原本都是江南人民喜爱的食品，故事中所设计的“白蛇吃了仙人吕洞宾卖的汤圆，陡增五百年根基，从此与法海结仇”，“白娘子强饮雄黄酒现形，吓死许仙，引发盗仙草”，以及“法海为躲避惩罚，躲进蟹壳藏身”等情节，使作品更富有民族特色，人们读了、看了、听了《白蛇传》传说更富有亲切感、认同感 。这也是今天文学创作中值得借鉴的手法。

首先，《白蛇传》很大程度上反映了南宋都城临安（今杭州）的民俗。《白蛇传》在故事情节中说得很明白，白娘子因“偶爱繁华去帝畿（jī，音机，国都附近的地区）”才从峨眉山思凡下山，来到繁华人间的西湖，时值春游以后的清明节。一般民间资料都描写了西湖秀丽风光和繁华景象："万花如绣翠缤纷，行行遥望钱塘迎。"（见方成培剧）这和历史记载的当时西湖的繁华景色是相吻合的。如《武林旧事》所记载：

西湖天下景，朝昏晴雨，四序总宜；杭人亦无时而不游，而春游特盛焉。……而都人凡缔姻、赛社、会亲、送葬、经会、献神……以至痴儿骇子，密约幽期，无不在焉。……若游之次第，则先南后北，至午则尽入西泠桥里湖……既而小泊断桥，千舫骈聚，歌管喧奏，粉黛罗列，最为繁盛。

白娘子从峨眉山思凡下山时，已想象到都城的繁华景象，来到杭州西湖以后，借寒食（或清明）扫墓，找寻配偶，最初和许仙相遇在断桥。这不是偶然的，从当时的描写来看，断桥就是游览重点。至于寒食节杭州扫墓的民俗，《武林旧事》中也有记载：

清明前三日为寒食节，都城人家，皆插柳满檐，岁小坊幽曲，亦青青可爱，大家则加枣锢柳上，染多取之湖堤。有诗云："莫把青青都折尽，明朝更有出城人。"……而人家上冢者，多用枣锢姜豉，南北两山之间，车马纷然，而野祭者尤多。如大昭庆、九曲等处，妇人泪妆素衣，提携儿女，酒壶肴 。村店山家，分游息。至暮则花柳土宜，随车而归。

这一段记载中，值得注意的是，当时野祭之盛，野祭的对象是无亲友葬于杭郊的人，野祭荒坟，非在神祀，而在游玩取乐。新中国成立前，全国大城市郊区，清明节还有此遗俗。现

清明时节的西湖

在再看看《白蛇传》中是怎样描述许仙扫墓的：

我许宣，今日清明佳节，往爹娘坟上祭扫而归。你看湖光似镜，车马如云，好不可爱！为此唤小艇，慢慢地一路游玩回去。……看雕鞍骏马，会王孙贵戚多欢畅。倒金樽沉醉花前，听笙歌十里画塘……折得一枝杨柳，归来插向谁家。（方成培《雷峰塔传奇》）

方本虽是文人改编本，但是吸收和保留了许多旧时的风俗。白娘子来到西湖正值春游之后，清明扫墓的热闹季节。这一方面描写了她春心发动、思凡下山的心情变化，另一方面也反映了当时都城清明野祭的大好风光。再如传说中提到的名胜古迹，如雷峰塔、钱塘门、断桥、净慈寺等，不仅点缀了故事的背景，而且反映了当时的风土人情。有些保存至今，有些遗址仍在。这说明《白蛇传》这个传说在保留南宋民俗风物方面起了很大的作用。今天游览西湖的人们，到了断桥和雷峰塔遗址，无不对白娘子加以探询和凭吊，不能无因。《白蛇传》故事产生于杭州，又和苏州、镇江发生联系，所以不仅吸收了西湖的民俗风物，而且使苏州至今还在传说着药店同宝春的遗址，而镇江的金山寺也因和《白蛇传》的关系，成为名胜游览之地。

另外，在传说中也有对当时婚娶习俗的反映。白娘子和许仙定亲赠银一事，实际上也就是当时聘娶婚姻的一种折射。这种婚姻形式要追溯其源，由来已久。《通鉴外纪》说："上古男女无别，太昊始设嫁娶，俪皮为礼。"这种制度，虽然历代法典明文取缔，但是老百姓却须照办，千百年来一直有其影响。到宋代，"婚姻论财"之风仍盛。白娘子盗钱塘县的库银，是为了许仙无钱做聘资，以致酿成灾祸，许仙被发配去苏州。表面看来，在故事中好似无关紧要，其实它也反映了当时社会秩序的混乱，官民之间的对立。白娘子盗取银库，实际也是民间对统治者的一种挑战，包含着反抗贪官搜刮民财之意。一些戏曲演出中，取消这一情节，使得前后故事脱节，违背常理，实在是不足取。

白蛇传说中许多的重要情节都是发生在特定的时间背景下的。在民间流传着关于《白蛇传》的歌谣，将故事的主干情节以十二月的花名和节气作串联，可见民间白蛇故事的流传与人们的生活习俗是息息相关的。

正月梅花开满林，许仙西湖去游春；
白娘娘一见中了意，小青作法起乌云。
二月杏花白如银，叫船摇到涌金门；
白娘娘上岸把伞借，许仙讨伞结成亲。
三月桃花红喷喷，白娘娘作法盗库银；
许仙拿元宝回家转，钱塘县破案配苏城。
四月蔷薇满墙红，许仙白娘娘夫妻又相逢；
苏州开爿药材店，挂灯结彩满堂红。
五月石榴红盈盈，许仙游山遇道人；
茅山道士想降妖，白娘娘斗法忙逃生。
六月荷花结莲心，端阳饮酒起祸根；
白娘娘吃了三杯雄黄酒，珠纱帐里现原形。
七月凤仙结籽青，许仙唬死地尘埃；
白娘娘昆仑盗仙草，救活许仙还了魂。
八月木樨香阵阵，许仙一时起疑心；
金山寺烧香遇法海，说他娘子是妖精。
九月菊花黄似金，白娘娘金山把夫寻；
法海不肯放许仙，水漫金山动刀兵。
十月芙蓉小阳春，许仙逃回杭州城；
断桥夫妻重相会，白娘娘生下小官人。
十一月水仙盆里清，法海赶到清波门；
金钵罩住白娘娘，雷峰塔下镇残生。

十二月腊梅根岁春，小青祭塔报仇恨；
雷峰塔倒白娘娘出，法海躲到蟹壳中寄生。
十二月花名唱完全，法海从此留骂名；
人人同情白娘娘，雷峰胜迹流美名。
（流传地区：浙江省杭州市）

端午节节日工艺品

在这里，我们可以看到情节的发展与季节的变化达到了一种相得益彰的效果，犹如诗经的起兴一般，读来朗朗上口，使得传说的流传更加生动。而民间节俗也成为了故事中不可或缺的一笔。比如端午节饮雄黄酒这一决定主人公命运的重要情节，就集中体现了汉民族的一种民俗传统。白蛇现形是因为端午节饮了雄黄酒，可以说这是民间习俗的重要反映，雄黄是一种矿物质，是重要的杀虫、去瘟的药。而独在农历五月初五午时用之特别灵验的说法，也是早有记载：是日（端午节）竞采杂药。《夏小正》：次日蓄药以除毒气。在民间的习

端午节挂荷包和拴五色线

俗上，都把端午节认为“恶日”，所以传说此日饮雄黄酒驱虫厌蛇，灵验有效。此日，人们都在自家门前挂上菖蒲、艾草避邪，饮雄黄酒，小孩子则佩戴五色线、香囊用来驱瘟。因而在白蛇故事中才有了这一出戏剧性的“端阳惊变”：青蛇白蛇都担心午时三刻难以捱过，小青嘱咐白蛇别饮雄黄酒，许仙强之，白蛇现形，许仙被吓死。从而引出了下面盗仙草的故事，许仙也开始起了疑心。端午节饮雄黄酒而避邪的说法也因为白蛇故事的流传而更加深入人心。

而最后法海被小青逼得无处藏身，只好一头钻进蟹壳去，害的螃蟹也“横行”起来，这大概是要看它“横行到几时”吧。民间作品中确实蕴涵着人们的爱憎，反映着人们的民俗观念。

再如传说的主要发生地雷峰塔，与其说是岁月蹉跎自行损毁，倒不如说是民众民俗心理和行动的合力所致。单纯口头和

孩童肚兜上的五毒

心理的仇视，并不会损害雷峰塔的一丝一毫，而行动就不一样了。据当时介绍雷峰塔倒塌时的新闻报道和民间俗说，雷峰塔的砖石上，都有白娘子的“灵气”，能治病避灾，尤其是帮妇女治疗疾病，早得子息。于是常有人到那儿去挖砖石，以求白娘子显灵，任何人也阻拦不住。这种举动当然是愚昧的，并不值得提倡，可的确加速了雷峰塔末日的来临。直到今天，在新的雷峰塔景区，依然向游客出售具有装饰作用的“雷峰塔塔砖”，有祈愿孩子聪慧健康的，也有希望多子多福、广进财源等具有不同“功效”的“灵砖”，而且购买的人络绎不绝。由此可见，民间的民俗传统并不是所谓的法律规定、理性因素可以主导的，它有自己的发展方式和规律。

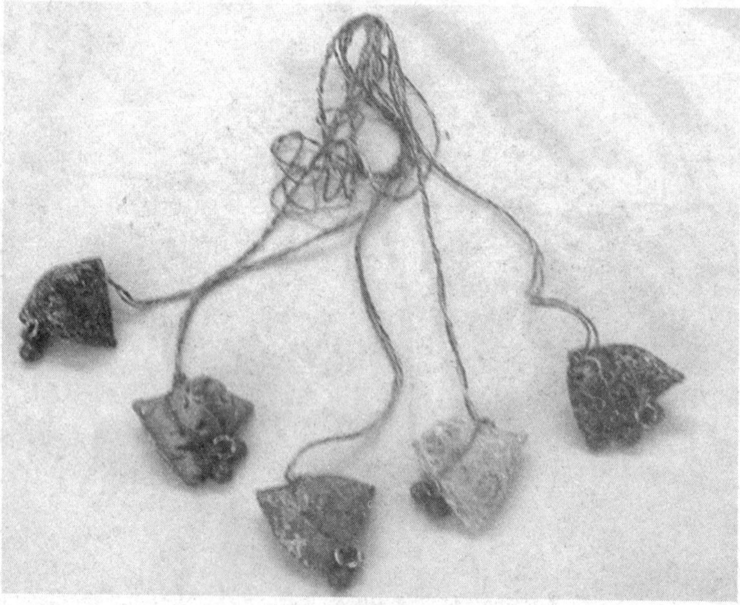

端午节的五彩线

这些民俗事象在故事中的反映是民俗中的重要组成部分，然而更为重要的是白蛇故事中蕴涵着汉民族独特的民俗心理和信仰。

前面在讲到《白蛇传》起源的时候，我们就已经谈到，在远古人们的信仰中，“人可以变兽，兽可以变人”。尤其是在我国江南，古吴越人的信仰中，人与动物、花草之间是互相可以变化的，因而白蛇变人、显形是有一定的民间心理基础的。这样的情节在民间看来是神奇的，但同时更是可信的。而在人蛇共体、白色崇拜等诸多的信仰因素的作用下，最终产生了“白蛇——灵蛇”这样一个美好的形象，她是人们对善良美好愿望的寄托，也是民间信仰的结晶。

这些重要的民俗因素与整个叙事情节、背景、人物融为一体，与人们的生活习俗、信仰心理一脉相承，从而产生了巨大的艺术魅力。这也正是白蛇传说至今仍然为人们津津乐道的原因吧！

可见，白蛇传说故事中保留着大量的民俗文化习俗，并形成了《白蛇传》文化空间，它对充实我国传统节日文化的独特性、研究民俗心理有很大的价值。《白蛇传》是中国民俗文化含量最为丰厚的口头遗产之一。

白蛇传说和宗教

世界宗教的发展有一条共同的规律，就是为了争取更多的信徒，竭力汲取并修改当地的民俗材料；尤其是民俗流传最广、影响最大的神话传说，作为其理论体系的支柱，如亚当夏娃繁衍人类的故事、洪水故事之进入《圣经》。

佛教传入中国后，一方面为适应中国民俗的风土人情，逐渐中国化。影响深广的白蛇形象及传说中的佛教因素，表明了它被中国式佛教禅宗看中，并被篡改为传教的工具。明代冯梦龙整理的《白娘子永镇雷峰塔》较典型地反映了这一点。法海禅师是禅宗的形象化身，全文的旨意是宣扬禅宗的教义：像许宣这样被妖色迷得很深的人，只要他与妖色一刀两断，即可皈依佛门，“立地成佛”。该文末尾，当许宣主动求助于法海禅师时，法海就帮他用钵盂捉住了白蛇，放在塔下。后来“许宣情愿出家，礼拜禅师为师，就雷峰塔剃度为僧。修行数年，一夕坐化去了。众僧灵龛（kān，音堪，供奉神像的小阁子）烧化，造一座骨塔，千年不朽”，进入了禅宗理想的涅槃（niè pán，音聂盘，佛教用语，指超脱生死的境界）境界。

源自老庄，在中国大地上土生土长的道教，有着外来宗教所不可企及的优越性。它更懂得如何利用民俗的心理、信仰为自己的教义服务。在宣扬道家法力的文本中，白蛇以传统民俗中的蛇神面目出现，成了道家祖师的门徒。白蛇是民间崇拜的修行千年的蛇神。法海纵有佛家之法力，白蛇即便一时受挫，但后者却还可由同伴回到峨眉山进一步修炼，再回来与之决斗，直至毁塔胜利。渗入道家思想的白蛇传说，形象和情节的不少地方迎合了民俗传统的愿望，故易为普通民众所接受。现今民间保存的一些好的白蛇传说，仍可见到道家思想的痕迹。所以随着历史的发展，《白蛇传》中的“崇佛”让位于“尊道”，其中宗教的民俗因素起了重要作用。

同样在许多由《白蛇传》衍生的情节中，在白蛇与许仙邂逅之前，增加一段宿缘，强调人间的作为都是在宿命中进行。有宿世之恩，就要报偿，这是简单的世俗化、卑俗化的因果报应思想，既是佛教的也是道教的想法。

鲁迅在《论雷峰塔倒掉》中说：“玉皇大帝也怪法海多

事，以至荼毒生灵，想要拿办他，他逃来逃去，终于逃在蟹壳里避祸，不敢再出来……”而在西湖民间故事中却是说如来佛把法宝收去，制服了法海。玉皇大帝是仙家首领，如来佛是佛教祖师，本来是两种宗教、两个宗派，可在老百姓看来，两者都应该是主持正义的。峨眉山本来是佛教名山，而白娘子正是在这佛家圣地修了千年“道”。甚至在《雷峰塔宝卷》中，让菩萨送白娘子去赴仙家的“瑶池盛会”；最后白娘子“生子得第”。祭塔之后，又让许白两人“妻成仙，夫成佛”，一个修了道家正果，一个入了佛家法门，释道两相结合。

这一切说明汉民族的宗教思想是淡薄的，能够比较客观地对待宗教，人们在追求宗教安慰的同时，也在积极抗议它的欺骗性，要求实现人民的现实幸福。宗教在汉民族中留下了很深的影响，留下了高妙的艺术品，但是真正虔诚的教徒并不多，人们不过是把它作为某种权力、某些思想、某些形象罢了。而这也与汉民族以儒家思想为主有关。孔子不谈鬼神和死后事，所以在儒家思想体系里，鬼神不可能取得重要地位，更不可能取得主导地位。而宗教兴盛的必要条件，首先是对鬼神有绝对的信仰，而儒学对鬼神是怀疑、敬而远之，所以汉族人对宗教既不完全信奉，也不彻底排斥。《白蛇传》也曲折地反映了儒释道的斗争和在民众观念中的妥协融合，以及随着历史的发展人民的宗教观念越来越淡薄。

白蛇传说与文学

《白蛇传》综合了民间文学、通俗文学和文人文学的优点，视野开阔，和社会、历史结合得比较密切。现存的各种形式的《白蛇传》作品实际上都是民间文学和文人文学合作的作品，不仅有民间文学趣味性强、生活气息浓厚、形象生动、刚健清新的特点，而且又有文人文学条理清晰、优美抒情、辞藻精辟的特点。而正因为它将民间文学的生活气息、通俗文学的趣味性和文人文学的辞藻和境界熔于一炉，组成了一个完整优美的故事，具有极高的艺术表现力和深刻的主题思想。《白蛇传》完全可以和世界上任何以民间故事改编和再创作的伟大作品（如莎士比亚的《罗密欧与朱丽叶》）相媲美。因为像《白蛇传》这样内容丰富、形式优美的民间传说，就是在世界各国民间文学中也不多见。因而可以说《白蛇传》传说是我国民间文学中的一颗璀璨明珠，是一部寓意深刻的民间神话故事。它以生动曲折的传奇情节、有血有肉的人物形象、深刻的思想内涵，塑造了一个完美多情、爱情专注、充满人性、济贫施药、热爱百姓的中华妇女的杰出代表形象。白娘子的无所畏惧、坚持斗争、屡败屡战、至死不屈的悲剧美学价值，是人类追求个性解放的体现，是人类精神文化的宝贵遗产。

这些宝贵的资源首先在于它的故事情节奇险多姿，蛇仙白

《白蛇传》资料

娘子思凡下山、断桥相遇、小青呼风唤雨、盗劫库银，都富有神奇的色彩。而它的情节更引人入胜的地方，却在它的惊险：水漫金山、嵩山盗草、端阳惊变等，不但冲突尖锐，光芒四射，而且惊险奇特。这是四大民间传说中其他几个所不及的。这些惊险情节与民间信仰习俗、自然环境有机结合，在矛盾的发展和解决上都非常自然。

其次，人物性格复杂丰满。白娘子就是一个有血有肉的典型人物，京剧中需要花旦、青衣、刀马旦三种性格合于一身，足见白娘子的复杂性格。而小青嫉恶如仇，敢作敢为；许仙有从懦弱动摇到坚定不移的转变；即使作为宗教势力代表的法海，也是使人感到具体而不抽象的。由此可见，整个

《白蛇传》中的人物，无论正反两面，都从具体的生活中反映了社会思想的矛盾和转变，包含着深邃而耐人寻味的意义。

从白蛇传说的产生、流传、演进中，可以看到人民口头创作的伟大。由民间传说发展成话本，由民间文学发展为通俗文学，再经戏曲、曲艺改编演唱、演讲，重新回到民间的历程，使得《白蛇传》传说发展成为民间文学中少有的、大型的、多功能性的杰出民间传说。这种创作历程是我国民间文学发展史上的一个飞跃，是对世界民间文学发展的一个重大贡献。

近代，许多作家、文学家也都看重《白蛇传》传说。鲁迅先生在民国二十四年（1935 年）和二十五年，连续写了《论雷峰塔倒掉》和《再论雷峰塔倒掉》的评论；一些著名作家、戏剧家，如傅惜华、赵景深、田汉、戴不凡、阿英、张庚等，都写过不少有关《白蛇传》的戏曲和评论。著名作家张恨水和赵清阁于 1955 年和 1956 年分别创作通俗小说《白蛇传》（分别由通俗文艺出版社和上海文艺出版社出版）。而港台作家李碧华、刘以鬯（chàng，音唱）也分别创作了《白蛇传》的改编作品《青蛇》和《蛇》，从不同的视角给古老传说写下了新的注解。《白蛇传》故事和作家文学的结合，留给人们一个值得探讨的话题。

《白蛇传》的现实意义

一、《白蛇传》与风俗

《白蛇传》为广大人民群众所喜爱，很重要的一点就是反映了当时的社会生活、民间信仰和礼俗。民俗的一个重要特征就是它的传承性，白蛇传中所反映的南宋时代的民俗直到今天依然有大量的遗存，并且有许多习俗依然流行在我们的生活中。因而《白蛇传》故事的不断改编和上演对人们移风易俗有着积极的作用。

白娘子与许仙卡通像

在婚姻观念方面：

整个白蛇故事体现了白娘子凭着自己的意志和劳动追求婚姻自主、建立自己的幸福家庭的强烈愿望。她对自由恋爱和幸福婚姻的热烈追求，特别是在这种追求中所表现出来的主动精神，在她与许仙相遇以后的一系列表现都说明了这一点。而这种“以辛勤劳动为荣”的观点也可以大大鼓励现在年轻人改变一些过于功利的婚姻观念，通过共同的奋斗来建设自己的小家庭，从而树立新风尚。如许仙与白娘子结婚后，在苏州开始经营药店，为了使得药店生意兴隆，白娘子亲自来当店员卖药：“自从白娘来坐店，店中生意闹盈盈。”体现了白娘子管理事务的能力。“白娘走进店内去，店员交账分明，银钱交代白娘手，并无差错半毫分。每日坐在生药店，生意兴隆无比伦。”而这样的好管家也是现在娶妻的理想标准，对于女性的要求不仅仅是要有标致的相貌，也要有好的理财管家的头脑。

此外，白娘子又对感情无比执著和忠贞。夫妻两人始终是患难与共，不管是许仙被发配苏州还是镇江，白娘子都紧紧跟随丈夫，互相扶持。这样在共同奋斗中所建立的夫妻感情自然是愈加深厚，因而即使有法海挑拨，最终两人还是得以断桥重逢。

在生活节俗方面：

现在人们一提到端午习俗就会不自觉地想到白蛇饮雄黄酒的故事，这也为我们的端午节更增添了一份神秘的色彩。因为《白蛇传》中“端节惊变”的故事，所以民间更加相信雄黄可解蛇虫百脚“五毒”。于是端午家宴，不管平时会不会喝酒，人人都得饮一点，哪怕象征性地沾一下嘴唇。小孩子不会饮酒，就在额上抹点雄黄，或用雄黄酒写个“王”字。

每到端午节中午十二时，杭州民间还有给孩童吃癞蛤蟆的风俗，据说可以消火代凉，夏天不长痱子和疮疖（chuāng jiē）。这一民间的预防疾病的医俗，也与《白蛇传》有关。根据杭州民间传说，当初白蛇与癞蛤蟆同在杭州望仙桥下修炼。小许仙吃了吕纯阳的汤圆，日夜啼哭，最后吐在望仙桥下，被白蛇抢先吃下成了仙。癞蛤蟆未曾抢到，怀恨在心，后来变成法海和尚，一再与白娘娘为难，破坏她与许仙的美满婚姻。最后在白娘娘产后，于端午节那天用金钵活活拆散夫妻、母子恩情，残酷地将白娘娘镇压在雷峰塔下。杭州人同情白娘子的不幸遭遇，憎恨作恶多端的法海，因此，到了端午节这天，人们便将它斩头剥皮，叫孩童吃它的肉，世代相传，永记此恨。

而清明节前后扫墓踏青的活动，现在基本只保留了扫墓祭祖的风俗。事实上，清明踏青这一习俗不仅与时节相符合，而且也与人的身体节奏一致。正是春暖花开的季节，男男女女集体出游，在风景如画的水畔山边，享受美好春光，也许会成就更多良缘吧！现代人们的生活节奏快、生活压力大，如果能够恢复这样健康有益的传统风俗，让人们在适当的节日休养生息，从大自然中汲取新鲜的养分，那么也能有更充沛的精力投入到忙碌的工作中去。

镇江民艺馆南宋都城风俗模型

二、白蛇传说与旅游

白蛇传说的一大特色就是与秀美的江南景色的结合。《白蛇传》传说集中了我国最著名的旅游风景线路和最美的自然风景景观：从金顶佛光的峨眉山，到风景如画的西子湖；从小桥流水的姑苏古城，到城市山林的镇江。故事里多次描绘了这些历史文化名城中的名胜古迹，如雷峰塔、钱塘门、断桥、观前街、金山寺、白龙洞、保和堂等，并将这些自然风景点巧妙地穿插进故事之中，衬托了故事的背景，增加了故事的观赏性、知识性，在这一点上，可以说是今天许多优秀小说无法比拟的。人们游览这些景点时，亲历其中，既为祖国江山美景自豪，更为《白蛇传》精彩动人的故事所折服。《白蛇传》传说中对旅游景点的表现，是古人的一项创造。现实告诉我们，这些景点经过八百多年的流传和开发，其文化生态环境越来越美了，极大地丰富了旅游内涵，满足了旅游者的历史心理、观赏心理、慕名心理、参与心理等多种需求。人间天堂的苏杭、江山胜迹的金山寺因为白蛇的故事而为全国人民所熟悉，引起人们思古和凭吊的幽情。这种结合不但具体而且巧妙优美、意味深长。

旧雷峰塔

三、白蛇传说与传统美德

在《白蛇传》中，白娘子的形象可以说是集中体现了中华民族妇女的传统美德，她勤劳勇敢、善良而又充满智慧。而本性善良、疾恶如仇的小青，她的美德则是正直的性格、强烈的正义感、纯真而不屈。从《白蛇传》的人物身上，我们看到了中华民族传统美德之所在，白娘子济世行医的职业操守和社会奉献精神，历经磨难而不屈不折的战斗精神，都承载着人们对理想社会人的呼唤。在今天的社会中，我们依然寻找和期盼着这样的有血有肉的美好人格。

游湖借伞

从一些民间传说中，我们可以看到颇多白娘子和许仙行医的具体情节，而且旨在利世济民、救死扶伤，为老百姓做好事。据民间传说，许仙在镇江五条街开的药铺取名为“保和堂”，是取保君平安的意思。“保和堂”开张以后，白娘子看病，许仙抓药，夫唱妇随，相得益彰。白娘子替人看病是“穷人钱少付，无钱奉送”；尤其是在闹瘟疫的时候，专门为穷人看病。在浙江一带流传的民间传说《驱瘟神》说白娘子在开药店的时候，遇到瘟疫，白娘子知道这种瘟疫是峨眉山特有的，肯定是在峨眉山修炼的其他异类带来的，而且那班异类也肯定知道自己的底细。如果要为市民治病，那就可能暴露自己，葬送自己眼前的幸福生活。但白娘子没往下想，她不忍心黎民受苦，硬着头皮把药配了出来，救了全城老百姓。如果说白娘子盗仙草救许仙是为了自己的丈夫是小德的话，那么她为黎民百姓治病就是大的德行了。

在水漫金山这一出戏里，则可以说集中了白娘子的全部道德情操，如端庄稳重、爱情坚贞、善良智慧、忍辱负重等美德。在一些剧本中，都描写白娘子发动水族与法海斗法，“道高一尺，魔高一丈”，结果水漫金山，伤及无辜的百姓。而事实上，在民间传说中是这样叙述的：“法海的袈裟是个宝贝，把它一挥，再大的水也淹不到山顶。水淹了一天不退，法海把禅杖一甩，水四处流，黎民百姓淹死无数。”原来这里还是法海搞的鬼，用法力把洪水从金山寺冲向两岸的黎民百姓的住处。白娘子的心灵在民俗中本质始终是美的，她百折不回的勇气、与封建势力的抗争的精神丝毫不会因为宗教的故意丑化而减损。

我们看到《白蛇传》在人民生活习俗、思想信仰、道德风尚、文化生活等诸多方面都有着现实的意义和价值，它是祖国优秀的口头文化遗产代表，是凝结着中华民族生存智慧和生活习俗的结晶。中国人的物质生活条件越来越好了，但在文化精神上却失去了以往的归属感，什么才是真正广大人民群众迫切需要的文化生活，这是一个值得思考的问题。有着广泛群众基础的《白蛇传》故事将继续在人们的生活中流传着，相信白蛇故事的保护、挖掘和推广工作对健康有益的民风民俗将产生积极的推动作用，为丰富人民群众的文化生活、提高人民群众的素质、构建社会主义和谐社会，都将产生重要的促进作用。

第七章

白蛇民间传说歌谣四则

《白蛇传》的故事流传最重要的传播方式就是民间的口耳相传。正是在这些劳作休息闲话家常的时刻，如此动人心魄、神秘而浪漫的故事经由朴实无华的声音娓娓道出，一代又一代地流传了下来。可以说民间的这些传说正是《白蛇传》故事流传演变的原动力。

在这里，我们将选取几篇有代表性的、优秀的民间故事及歌谣以飨读者。这些民间传说和歌谣都是学者们以科学的民间文学研究方式，在实地考察中记录下来的极为珍贵的素材。

白娘子的传说（部分节录稿）

口述人：朱永森，男，67 岁，丹徒县粮山村社员

记录人：吴永森、方范

时间：1979 年 8 月 11 日

法海是蛤蟆精得道，与白蛇是这样落下的冤家：他还是只蛤蟆精的时候，在修炼时，嘴里一个丸子被白蛇一口吃掉了，

等于白蛇吃了他五百年的道行。

就这么做下的难过。

那时，许仙叫许宣门，还是个小孩子。一次他拾到一条小白蛇，偷偷拿家去，天天喂它。后来小白蛇长大了，盘了整整一抽屉，瞒不住了，老师责怪他："叫你读书，你怎么把这个养得这里?"

没得想法，只好把白蛇放进深山。这白蛇有点通人性，朝许仙点点头，就一下子游走了。

这白蛇受了日月精华，投师黎山老母，在山中修炼了五百年，她吃了法海五百年道行，一共是一千年，自己取名叫白素贞。

有一次，王母娘娘举行蟠桃会，白蛇也要去，黎山老母不让。

黎山老母说："你的恩没有报，不能去。"

白蛇问："哪个的恩?"

黎山老母说："那阳间养你的那个学生的一番恩典，你要去报！此人叫许宣门，在杭州。"

说到许宣门，也就是许仙，那时父母双亡，只有个姐姐。白娘娘奉命下山，来找他。

到了杭州，看见了许仙。怎么相会呢？她就作法，让天上下雨，自己装作没带伞。

许仙那辰光在家药店里学生意，白娘娘就向他借伞。许仙是个忠厚人，情愿自己不打伞，把伞给白娘娘。

白娘娘问他："请问官家，借了你的伞，几时还？"

许仙说："一把伞，打得就算了。"

白娘娘坚持说："你多早晚到我那块去拿，约个时间吧。"

后来许仙去拿伞，跟白娘娘做伴的小青就从中做媒，说："小姐和官人都是父母双亡，正好相依为命。你俩就结为夫妇吧！"

许仙一看，这么标致的娘子，心早动了，笑笑点点头，就这么，结为夫妻了。

一天，白娘娘说："你在药店里做伙计，能赚几个钱？我们不如自己开爿药店吧！"

许仙摇摇头，叹了口气："唉，哪来的本钱？"

白娘娘用法术到官府里偷来不少元宝，逃到镇江五条街办起了一爿药店。

白娘娘待人好，穷人看病抓药不要钱。许仙待人忠厚，别人跟他借钱，他又不要人还。药店越做越发，还取了个名，叫"保和堂药店"。

哪晓得，有人怀疑许仙是偷的钱，一告告了官。一抓，就把他抓到大堂上。

在大堂上，许仙是一问三不知。县太爷叫打。哪晓得一打就打在后堂县太爷太太的屁股上，她疼了。

原来又是白娘娘作的法。县太爷只好放了许仙，又放了花

白蛇传工艺品

炮仗。

后来许仙赚了钱，白娘娘把钱归还了银库。

“保和堂”越办越火，名声大起来了。有天，法海到了店里，法海一看，白娘娘是个妖怪，就玩了个计，邀请许仙到金山。告诉他，你老婆虽然美貌，却是个蛇。许仙胆小，蹲在金山就不回家了。

白娘娘带着小青来金山要许仙，又请东海龙王敖广来帮助。水漫金山，直往山上来。法海的袈裟是个宝贝，把它一挥，再大的水也淹不到山顶上。水淹了一天不退，法海把禅杖一甩，水四处流，黎民百姓淹死得无其数。

水漫金山之后，法海不放许仙，白娘娘没得办法，肚里又有喜了，仍旧回到了杭州。

传说法海躲在了螃蟹腹中

后来法海一算，算到许仙他们夫妻缘分没了。他就叫许仙回去。说：“赐你个灯笼，在法海洞往杭州城里去。”

据说，许仙那天真的是在法海洞里走的。一走，没一刻就到了杭州。

白娘娘、小青在断桥处等他。白娘娘说：“法海我和他无冤无仇，他害得我家破人亡；许仙你也太薄情，我身怀六甲，到哪块安身？”

正在说话之间，小青一怒之下要杀许仙。白娘娘心又软了，替许仙求情。许仙再三赔礼，到许仙姐姐家安身，又在杭州西湖边上开了爿药店。

后来，白娘娘一养养了个胖儿子叫许仕林。

这天，亲戚们在来贺喜的时候，法海到了。

他一到“保和堂”，把许仙喊到跟前，讲：“师傅我来了，送个簪子给你娘子。”

许仙人太忠厚，真的送到楼上去戴在白娘娘头上。白娘娘那刻正在梳头，许仙一戴，白娘娘就现出了原形，成了一条小蛇。

原来又是法海玩的计。他用钵变成的簪。这么，法海把白娘娘罩在杭州雷峰塔，永生永世没得出来。

后来许仕林中了状元，祭塔时塔倒了，白娘娘才出来的。

汤圆之仇

采录者：朱掌声

流传地区：浙江湖州、桐乡一带

法海与白娘子结仇，民间传说很不一致，我们这里，传说这仇结于一个汤圆。

据传，那天湖州骆驼桥畔，行人鱼贯不绝。两旁货担都在大声叫卖。有个卖汤圆的，一不高声大喊，二不广为招徕，却顾客盈门，生意兴隆。这卖汤圆的不是别人，正是吕纯阳。吕纯阳卖汤圆与众不同，有点特别。人家大的卖大价，小的付小价。他呢，七个铜板只卖个小汤圆，三个铜板反倒能买个大汤圆。世上的人谁不爱贪便宜，大家都争着买大汤圆吃。到中午时分，大汤圆卖得差不多了，小汤圆却一个也卖不掉。吕纯阳正准备收摊，却来了两个人，一个使女同一个不足十岁的少东家。那少东家见了汤圆，嚷着要买来吃，使女摸出三个铜板，想要买个大的。少东家却摇头晃脑地嘟囔：“大的不要，我要小的。”使女无奈，只好花了七个铜板买个小汤圆给他吃。

谁知道一个汤圆落肚，却吃出事体来：那少东家当夜停了食。第二天，体温升高，虚汗直冒，待到第三天，人也瘦了，面孔蜡黄，生起大毛病来了。这一下，可急坏了老爷，他叫俩使女，声色俱厉地问：“三日之前，你同他到啥地方玩过？吃过啥东西？”使女见老爷一脸横肉，人都吃得落，抖抖颤颤地说：“那天只去过骆驼桥，只吃了七个铜板一个的小汤圆。”老爷听了，火星直冒地说：“喏，毛病就出在这个汤圆上，你，不去寻着那个卖汤圆的算账，我就一棍子打死你！”使女怕得呀，因为老爷五十岁才得这一个宝贝儿子，万一有个三长两短，是绝不会宽恕自己的。立刻背起少东家，一阵风似的跑向骆驼桥。

也真凑巧，吕纯阳还在桥头卖汤圆。使女来到他跟前，如此这般说了一通，最后哭哭啼啼地说：“先生，行行好，救我一命，老爷说是你那个汤圆把孩子吃坏的。”吕纯阳朝她笑笑说：“没有的事，那孩子根本无病，过七天之后还会有新的造化呢。”使女哭得更惨了：“还能等七天，老爷说了，今夜要是毛病不见好，他就要打死我！”吕纯阳无奈地摇摇头，说：“既然如此，那我只好按你说的办了。”说着，他拉那少东家到桥边的栏杆上，叫他低下头去，就在他脖子上轻轻一按，“哗”一声，那个汤圆便从口里吐了出来，落到水里去了。那少东家的脸顿时泛起了红光。

那汤圆落到骆驼桥下，惊动了桥堍（tù，桥两头靠平地处）下的两样动物。原来北桥堍的石洞洞里，躲着一只老大老

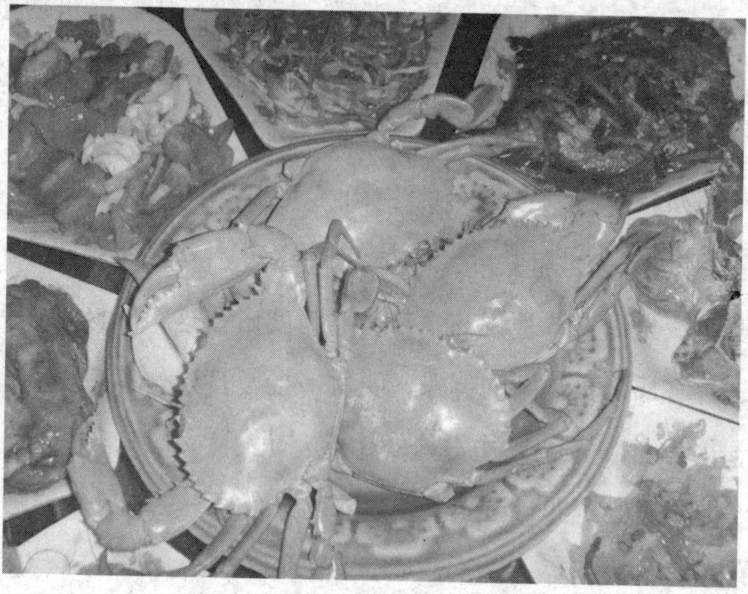

横行无忌的“法海”也免不了被送上餐桌的命运

大的甲鱼，那甲鱼就是后来的法海。它在北桥堍已生活了五百多年了，快变成精了。它先看到那个汤圆从桥上落下来，就赶紧爬出来想吞那汤圆。恰好这个时候，南桥堍那条才三百年的白蛇，也见了那个汤圆，就冲出水面，将汤圆吞下了肚。要知道，那汤圆是仙物，吃了它，老者能返老还童，少者能长生不老。三百年修功的白蛇，吃了那汤圆，一下子修功比甲鱼的资

格老了二百多年。因此，甲鱼生了气，记了仇，对白蛇产生了不共戴天的杀机。

盗仙草

口述人： 李志中，男，73 岁。小时读四年私塾，14 岁学丝绸手艺，直到抗日战争前；新中国成立后做厨师。

记录人： 康新民

时间： 1963 年 2 月 13 日

地点： 梳儿巷 21 号李家

白娘娘和许仙原是恩爱的夫妻。法海挑拨许仙，要他给雄黄酒给白娘娘吃；她若是不吃，她就是蛇精。许仙开始不相信，法海说："真这样。"

这样，到了五月端午，许仙要白娘娘吃雄黄酒，白娘娘不肯吃，她晓得这是法海和他斗法。白娘娘叫小青去躲躲，她自己吃了半杯，因为许仙逼她喝，"你我真是夫妻就喝。"

白娘娘没有办法，喝过之后就对许仙说："我要上床睡觉了。"她到了床上，掉过脸就睡了。

许仙不晓得，喝过酒也上楼去睡觉了，把帐子一掀，吓死过去了。

午时已过，小青回来了，一看许仙死了，连忙喊醒白娘娘。白娘娘一看，晓得是法海害的，就跟小青讲了："我到昆仑山上盗仙草，还不晓得有没得回头。我七天不回头，你就走你的路，我就死在那块了。”

小青依了她，白娘娘走了。她驾祥云到了昆仑山，只见一个小鹿童在看山，她变成一条小蛇，躲在草肚里。

没有一下子工夫，鹿童回洞里去了。她连忙弄了两棵仙草，包在嘴里。这仙草能起死回生呢！她还没有走呢，鹿童又出来了，一看少了两棵仙草。一找，不错，是白蛇偷的。白娘娘想打一下就走，鹿童打不过她。这时，白鹤童又出来了。它在空中叫一声，白娘娘显出原形了。白鹤两爪子朝白蛇身上一站，一叼就两段，两下四段……正在此时，南极仙翁到了。

“徒儿，休动!”

白娘娘两眼花花的泪，她盗仙草下来已经六天了，跟南极仙翁苦苦哀求。南极仙翁说：“你自己不要担心，叫白鹤童送你。”

白鹤仙童说：“不送。”

南极仙翁说：“今天不到，许仙就要死了，你赶快就去。”

师命难违，白娘娘伏在白鹤身上，飞到了镇江。

小青正在哭，如今是第七天了，看来姐姐是死在昆仑山了。

白娘娘连忙喊：“小青，小青，我来了。”

这时，白娘娘把许仙胸口一摸，他的命十分剩下了一厘，赶忙弄阴阳水，和了仙草。这时许仙牙关已紧，把牙关拨开，弄仙水朝嘴里灌，只听见五脏都在响。没有一时三刻的工夫，许仙醒了。

“娘子，娘子，我睡在哪块?”

就这么快，人就好了。

过了两天，法海又来了，把许仙带上金山，就没得回头了。这么，白娘娘才水漫金山。

法海他是多事啊!

白蛇歌

各地也流传着白蛇传说的相关歌谣，以十二月的花起兴，概述故事情节，语言生动有趣、诙谐幽默。

搜集整理：康新民、陆朝宏

地点：丹徒县宝埝公社丁角大队

演唱人：倪双青

正月梅花朵朵金，
白蛇敢斗蛤蟆精。
神话传说流千年，
唱段山歌大家听。

二月杏花开得早，
白蛇青蛇修成道。
为报许郎救命恩，

姐妹人间走一遭。

三月桃花红火火，
西湖巧遇情郎哥。
春雨不断情意长，
一把雨伞两人躲。

四月蔷薇争着开，
白娘许仙多恩爱。
镇江开爿保和堂，
店中闯进老法海。

五月石榴枝枝红，
又划龙船又吃粽。
老妖设下雄黄计，
显出原形像白龙。

六月荷花水面飘，
白娘峨眉盗仙草。
取来仙草我夫吃，
夫妻双双同到老。

七月菱花开满塘，
法海勾引我许郎。
私藏法座后室中，
逼他削发为和尚。

八月桂花香味浓，
水漫金山半腰中。
白娘带兵去问罪，
小僧偷把许仙送。

九月菊花遍地黄，
白蛇逃走到苏杭。
许仙寻妻断桥会，
小青怒气在一旁。

十月芙蓉喷喷香，
白娘生个小儿郎。
许仙抱儿笑呵呵，
可恨又来老和尚。
冬月金花纷纷落，
法海心毒手又狠。
白娘打在雷峰塔，

我儿叫娘没人应。

腊月梅花唱到头，
还有四句在后头。
耥草唱起白蛇歌，
天下百姓唱冤仇。
唱倒宝塔救白娘，
吓得法海躲阴沟。

图书在版编目（CIP）数据

白娘子传说/孙琦，陈勤建著．—北京：中国社会出版社，2006.9

（中国民俗文化丛书/刘魁立，张旭主编）

ISBN 978-7-5087-1424-0

Ⅰ．白…　Ⅱ．①孙…②陈…　Ⅲ．民间故事—简介—中国　Ⅳ．I207.7

中国版本图书馆 CIP 数据核字（2006）第 108496 号

丛 书 名： 中国民俗文化丛书
丛书主编： 刘魁立　张　旭
全案策划： 李春园
书　　名： 白娘子传说
著　　者： 孙　琦　陈勤建
责任编辑： 孙　研
出版发行： 中国社会出版社　邮政编码：100032
通联方法： 北京市西城区二龙路甲 33 号新龙大厦
电　话：（010）66080300　（010）66083600
（010）66085300　（010）66063678
邮购部：（010）66060275　电　传：（010）66051713
编辑室：（010）66060097
网　　址： www.shcbs.com.cn
经　　销： 各地新华书店
印刷装订： 中国电影出版社印刷厂
开　　本： 155mm×225mm　16 开
印　　张： 10
字　　数： 85 千字
版　　次： 2011 年 4 月第 3 版
印　　次： 2014 年 9 月第 11 次印刷
定　　价： 17.00 元